今夜也在喫茶渡渡鳥

標野凪

目次

序幕

問你喔！
對你來說，幸福是什麼？

有很多錢？
從事眾人欽羨的工作？
衣櫃裡掛著成排時髦衣裳？
聽起來都很讚呢！

但對我來說，這些都可有可無。

只要有滿足飢腸轆轆的美食，
一只行李箱容量的隨身物品，
還有安穩平靜的時光，
就是奢華至極的幸福模樣。

第一話

提升自信心的壺泡咖啡

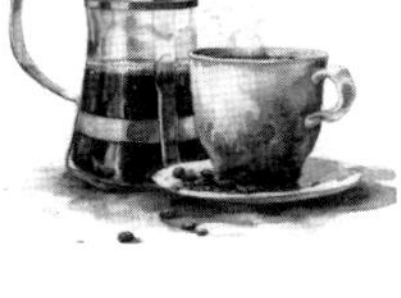

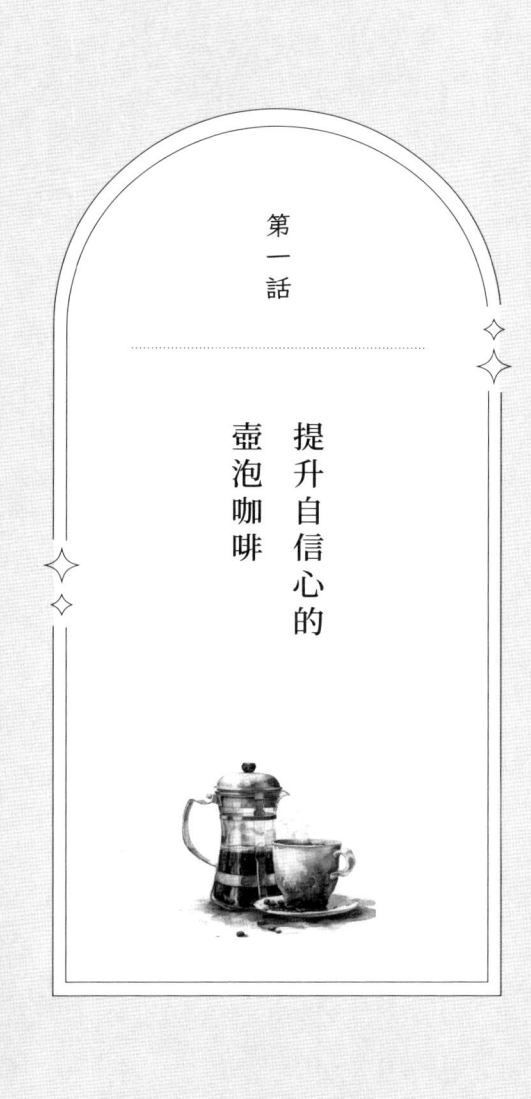

這是靜靜佇立於某市區，一間小小咖啡廳的故事。

這間名為〈喫茶渡渡鳥〉的咖啡廳，就在出了車站沿山坡往上走，過了第一個十字路口，再稍微前行就能瞧見的一條巷子盡頭。

明明巷子入口立了一塊小小的看板，卻鮮少有人察覺。附近是一般住宅區，唯獨這裡被蒼鬱樹林圍繞。

或許是這緣故吧，感覺多少阻隔了城市繁囂，也有客人稱這間店是「森林的廚房」。雖說是「森林」，但都是些常見的楓樹、榆樹。

明亮的陽光從葉縫灑落於〈喫茶渡渡鳥〉的庭院。

名叫梭羅里的咖啡店老闆，把剛從烘焙店買來並用牛皮紙包裝的咖啡豆，倒入綠色罐子，像是讓鼻子接收的香氣在體內循環似地深吸一口。

「芳香馥郁……」

他像是宣告什麼似地喃喃自語，確信自己判斷無誤後用力頷首。

苦味強勁，酸味再少一點比較好。梭羅里思忖著。

像這樣向烘焙店訂購配方豆，再配合菜單粗研磨。咖啡豆依種類與產地不同，風味也不一樣，烘焙程度也會左右味道，即使是同一種咖啡豆，味道也有差異。尤其是配方豆，可說是店家的特色。

有人喜歡清爽味道，也有人偏愛濃郁口味，還有人非得加砂糖和牛奶才行；其實只要覺得美味就是絕佳逸品。

萃取方式不同，風味也不一樣，有咖啡機、虹吸式，以及用濾杯來手沖咖啡等，而且使用濾紙或是法蘭絨濾布，味道也有差異。不單是沖煮後直接啜飲，還有將深焙咖啡豆用義式咖啡機製作出濃縮咖啡後，倒入熱水成為「美式濃縮咖啡」的喝法。

「美式濃縮咖啡？」

梭羅里偏著頭，喃喃道。

相較於用義式濃縮咖啡調製的「美式濃縮咖啡」，以淺焙咖啡豆手沖出來的咖啡加入熱水，則是風味較淡的「美式咖啡」。

不過，梭羅里在乎的點似乎不是這個……

「兩種風味都偏淡呢！美國人喜歡喝淡一點的咖啡嗎？」

他八成想這事情想到出神吧！

「哇！」

或許是筒狀牛皮紙袋邊角和綠色罐子的罐口沒對好，結果灑出來的咖啡豆在廚房的餐桌上堆成小山。

「哎呀——，真是的！」

直到方才還一副判官模樣的梭羅里，頓時蹙眉跺腳。他輕輕嘆了一口長氣，小心翼翼地用湯匙舀起灑出來的咖啡豆，再從餐具櫃裡取出小碟子，將咖啡豆盛放在上面。

隨風搖擺的樹林發出沙沙聲，好似嘲笑梭羅里的拙樣。他抬起頭，映在廚房土耳其藍磁磚上的夕陽，向他打暗號似的反光，用老木材裝潢的店內，霎時瀰漫輕柔的氛圍。

吧檯區有五張椅子，庭院擺著戶外用桌椅，就是這麼一間小巧的店，讓人想逃進這裡，暫別日常生活。

就在這時，有個人信步走來——

這間店始終矗立於此，明明位在相當隱蔽的地方，但只要來到這裡，活力滿滿和身心俱疲時所瞧見的風景都不一樣。

梭羅里瞅了一眼白漆斑駁的窗框，瞧見茂密樹林的另一頭有人影。

看來今天也有想來卸下肩上重擔的客人。

「好，今晚也準備開店吧！」

梭羅里說完，把琺瑯壺裝滿水，轉開爐火。

✤

宅配到府的時間，約莫是早上八點到八點半。

八點前就整理好儀容，等待收件，東西卻遲遲沒送達。

就在她不安地懷疑自己「是不是沒聽到門鈴聲」時，對講機的通知聲響起，瞄了一眼手機，確定是十一點五十七分。

「哪位？」

她按下裝設在客廳牆上的對講機通話鈕，問道。

「MINATO貨運。」

門鈴響起的同時，映著大樓門廳的對講機畫面，有個身穿條紋制服、雙手拿著包裹的男子。

小橋可繪按下門鈕，解除門鎖。

等待期間，攤放在桌上的稿子翻至第一頁便沒進展。

就讀英文系的可繪，大學時期曾在出版社打工，應徵的是以出版國外版權為主的部門，然則主要工作內容卻是整理書庫、寄送郵件等雜事。偶爾也會幫忙處理準備送印的稿子，也就是對照原文，補充編輯和校稿員校潤到的錯誤。

從小喜歡閱讀國外兒童文學作品的可繪，從未想過自己能從事這份工作，實際接觸專業譯者的譯稿後，更是讓她憧憬。

憑藉工讀時的經驗，一畢業便陸續接到翻譯工作。起初為了生計考量還得兼差，直到三十歲那年總算能靠這工作過活。

就這樣過了五年，終於掌握到屬於自己的工作步調。

可繪十分想要有個社區大樓才會設置、像是投幣式置物櫃的宅配箱，這樣就算不在家也能收到包裹。

無奈位於中央線沿線區域，含管理費月租六萬八千日圓，可繪獨居的這棟公寓，沒有如此方便的設備。

由於疫情關係，宅配公司推出「無接觸宅配」服務，亦即包裹直接放在收件人的家門口或大樓門廳，但這作法多少令人不安。並非不相信同棟大樓住戶，只是被別人瞧見家門口放著紙箱，總覺得有點恐怖。

「有點重喔！」

可繪站在門口簽收，戴著口罩的送貨員，為了避免雙方靠太近，別過臉的同時遞出包裹。寬約三十公分，厚度是手能握住的小紙箱，一接過才發現沉甸甸的。

「謝謝！」可繪朝著轉身俐落下樓的條紋衫背影，說道：「辛苦了。」轉身回到房間，她就立刻摘下口罩，迅速撕除封箱膠帶，清脆的聲響促使她興奮不已。

一直以來都是去百貨公司、專賣店，煩惱著該選哪件商品，現在不必出門就能上網選購，因此網購次數愈來愈多。

雖然很便利，但收到後才能看到商品。尤其是衣服之類的質料，往往比網站上看到的來得薄，或是顏色比印象中還深，大失所望不少次。生活雜貨用品則是材質比想像中粗糙，不然就是事先確認過尺寸，實際拿到的商品卻差強人意，成了派不上用場的小廢物。

儘管不斷從失敗中學習，可繪覺得自己還是不太習慣在網站這般虛擬空間購物，幸好有個厲害夥伴做她的後盾。

等待宅配到府期間，可繪拿起放在桌上的手機，開啟社群平台的APP。她有登錄帳號，卻沒貼文，專門潛水。

一旦追蹤感興趣的帳號，就會收到更新通知。不過沒利用這功能的她，比較喜歡依序瀏覽自己感興趣的貼文。

可繪每次一定會先點開sayo小姐的帳號，映入眼簾的是一張木質牆面光亮的房間裡，擺著腳踏式縫紉機的照片。

即便不是追蹤人數好幾千人的熱門帳號，拜偶然迸出的推薦帳號之賜，可繪頻頻造訪。

說是造訪，其實就是經常點閱。或許因為次數過於頻繁，有種真的造訪過本人，熟知對方生活的感覺。

ＤＩＹ改造的老公寓房間，整理得相當雅致，看不到多餘之物，卻也不會單調無趣；有別於只保留最低限度的生活用品，亦即所謂的「極簡主義風格」。

分量感十足的皮革沙發，似乎坐起來頗舒服，星形吊燈的燈光溫柔遍灑屋內，沿著牆壁擺置以前小學用的木椅子，上頭有個插了花草的細長瓶子，質地輕薄的窗簾自然地垂掛窗前。

就算想依樣畫葫蘆，也弄不出這般氛圍，只能說如此精心呈現的品味，堪稱神技。

下方留言區的補充說明照片裡的那台縫紉機，原本沉眠在ｓａｙｏ小姐祖父母家的倉庫裡。

光看貼文，推測ｓａｙｏ小姐應該是年紀比可繪稍長的女性。儘管沒提及家人或工作，從餐具數量與廚房規模來看，應該是一個人住。由於沒放自拍照，無從得知長相，但八成是個美得自然又健康，身心沉穩的人。可繪憧憬這樣的生活，擅自奉sayo小姐是人生導師。

她關掉縫紉機照片，從一整排過往貼文中點選一張圖片，那是約一個月前上傳——平底鐵鍋盛著看起來頗美味的煎餃。

〔用南部鐵器*的鑄鐵平底鍋煎餃子。要想嚐到香酥多汁的口感，用鐵鍋就對了！〕

說明文下方並排著以「#」標示的關鍵字，這樣就能歸類到APP裡所有同類型貼文。舉凡南部鐵、鐵製炒鍋、餃子，以及製作鑄鐵平底煎鍋的廚房用具廠商名、商品名稱等，均有標記「#」。

---

*注：南部鐵器，岩手縣南部鐵器協會的加盟業者製作的鐵器，為日本的傳統工藝品。

像這樣發文以生活風格為主的社群平台，不少說明文都會直接秀出商品名稱，並附上廠商店家的連結。對於心動想買某件商品的人來說，這功能確實方便。

可繪每次看到這類貼文，就覺得有點掃興。因為除了感受到發文者極力推薦自己發現的好東西之外，有時也嗅得到商業行銷意圖；畢竟網紅都會和廠商合作，互謀其利。

唯獨sayo小姐不一樣，低調卻不吝和別人分享的作風，讓她十分欣賞。因此可繪信賴sayo小姐所推薦的愛用品，也想買來試用看看，像是竹蒸籠、掃帚等日本製手工雜貨。

sayo小姐的貼文，總是以〈#用心過生活〉這樣的關鍵字結尾。連結用深藍字體標記的這排字，會出現一排排正方形照片。

光是這個APP裡頭，就有上萬則標記這句話的貼文。家具、室內裝潢、料理、生活雜貨、花，有些只有文字說明，有些則是上傳房間照片，以及烹煮料理過程的影片等。依貼文者風格，照片呈現的氛圍和表現手法各異，卻都感受得到貼文者多麼用心過生活，進而從中得到豐富與美好。

翻譯這份工作不僅要具備一定水準的語文能力，還要精通外語，查找並分析資料，思索如何傳達文意。而且為了增進遣辭措意的實力，平時除了閱讀詩集，有時也得看些內容較為艱深的時事評論。

用心完成一件案子，就會接到下一件案子。可繪就是這樣一步一腳印，踏實走到現在。

然而，這工作可沒有太多時間讓人慢慢地琢磨文字，翻譯一本書往往得和時間賽跑，也就常以忙碌為藉口，顧不了家事，根本忙到對生活一事不上心，就連三餐也想說買便利商店的食物裹腹就行了。

由於是在家工作，幾乎一整天都窩在家裡，雖非朝九晚五的工作型態，卻也甚少在咖啡廳或圖書館工作。

比起絢麗人生，在家安穩度日，也就是「充實的居家生活」似乎更受世人推崇。

即將迎來四字頭人生的可繪，認為隨著新生活風格興起，或許是學習注重日常飲食，改變生活型態的機會。於是，她開始接觸生活雜貨網站與相關社群。就在這時，邂逅了sayo小姐的貼文。

「用心過生活。」

可繪喃喃自語，感覺自己似乎成了這圈子的一分子，不由得噗嗤一笑，明明沒人瞧見，還是難為情地聳肩。

平底鐵鍋的保養相當費工，可繪在APP畫面輸入〔平底鐵鍋　使用方法〕這幾個字，立刻跳出許多相關網站，說明內容卻大同小異。

﹝使用前必須先「開鍋」，也就是倒入適量的油，開小火加熱，用完後不能馬上清洗，必須開火讓水分蒸發。接著，趁熱塗上一層薄薄的油，要是不這麼做的話，鍋子很容易生鏽。﹞

當然，不少懂得過生活的高手，都會使用這種需要保養的傳統鍋具。但sayo小姐介紹的這款鑄鐵煎鍋，不僅採傳統製法，也兼具方便使用的現代風格，沒有麻煩的前置作業，養鍋方法也很簡單，只要保持乾燥就行了。這般恰到好處的懶人風格，也是sayo小姐的選物魅力之一。

可繪興奮地打開紙箱，裡頭有個用半透明泡泡紙裹著的小盒子，上頭以格紋紙膠帶貼了個小紙袋，袋內裝著收據與網路商店的會員卡，卡片還附了一張手寫字條。

——感謝您選購本店的商品，期盼對於小橋小姐的多彩生活，能夠有所助益。

字跡相當工整，親筆向每位消費者致意。用心過生活的世界，就是存在如此愛護自家商品的店家，真心佩服。

可繪拆掉從小喜歡玩的泡泡紙，打開盒子，裡頭端坐著用白色薄紙包裹的商品。她的腦中頓時閃過「過度包裝」一詞，趕緊搖頭拂去這想法，說服自己：用心費工就是這麼回事！

裹在白色薄紙中的漆黑鑄鐵煎鍋總算露臉。好美啊！霧面的黑色質地有如深海，簡潔有型，圓身造型惹人憐愛。

可繪用雙手捧起鍋子，小心翼翼地摩擦著。

把手小巧，一隻手拿起鍋子有點重。看來這口平底鍋比較適合擱在爐子上烹調食物，而不是舉鍋翻炒。

可繪將鑄鐵煎鍋暫時放回盒子，從冰箱取出一包冷凍餃子。因為指定商品於今天早上宅配到府，不方便出門買食材，所以昨晚她就先去超市備好了食物。

這鍋子適用於一個人住的小巧廚房。清洗過的鑄鐵煎鍋擱在爐子上，一開火，鍋面的水分有如泡泡般翻滾跳躍。待水分完全蒸發後，準備一大匙胡麻油，把餃子從中間以畫圓方式排放。整齊劃一朝同方向排列的餃子有如扇葉，彷彿會轉啊轉的，然後在扇葉四周倒入約半杯水，只見鑄鐵煎鍋發出咻的一聲，竄起白煙。

——開中火，待水分蒸發後，倒入胡麻油便完成了。

可繪邊看著包裝袋上的烹調說明，邊瞅著鐵鍋。滾沸的水逐漸覆蓋餃子四周，還帶著黏稠感，將胡麻油倒入看得到漆黑鍋底的部分後關火。

「好了。」

可繪準備把鍋子裡的餃子移至盤子時，錯愕地停手，她發現餃子黏在鍋子底部，試著換個方向還是沒辦法。

鐵鍋導熱快，關火後還是能維持熱度，雖說是一大優點，但對現在的情況來說並不是，廚房霎時瀰漫燒焦味與煙。

「好燙！」

心慌的她碰觸到把手，身體不由得縮了一下。

由於鑄鐵煎鍋連把手都是鐵製的，開火後絕對不能徒手拿鍋，所以網路商店才會販售專用防燙夾。

扭開水龍頭沖洗指尖的可繪，這才注意到這件事。

天一亮便起床，聽說沐浴在晨光中醒來有益身心。先喝一杯白開水，稍微伸展一下身體後進行冥想。

身子坐直，閉上雙眼，專注於呼吸一事能讓腦子清醒，也就是所謂的正念。然後吃著能夠攝取足夠蛋白質的早餐，梳洗裝扮完畢時，外頭的世界也開始躍動。

這一連串稱為「早晨慣例」的行為，在許多標記︿用心過生活﹀的網頁都有介紹。

可繪也多少模仿了一下，但要是問說這樣的習慣好不好，她也不知如何回答。畢竟規定自己每天依序做好每件事，其實頗累人。

看著餃子餡溢得滿鍋都是，可繪相當洩氣。皮餡分離的模樣，已經不是餃子了。她只好一邊忍耐指尖的刺痛感，一邊用湯匙刮起內餡塞進嘴裡，此時鍋子的把手還是燙手的。

可繪把鍋子拿到水槽，用海綿洗刷，總算除去燒焦沾鍋的地方。再次把鍋子擱在爐子上，怔怔地看著水滴逐漸消失，反覆背誦使用後該如何處理的方法。

明明那麼期待用鍋子煮食料理，沒想到竟如此麻煩。好累喔！

手機畫面還顯示著，煎得色香味俱全的餃子圖片。可繪關閉照片，試著在搜尋引擎畫面輸入〔有效消除疲勞〕這幾個字。點開排在最上面的網頁，〔提升免疫力〕這排字下方是一長串介紹食物、伸展操、穴道按摩的文章。

「免疫力啊……」

可繪把網頁存至書籤，接著回到首頁，發現收件匣有新郵件通知。

寄件人是編輯部的坂下小姐。

——收到校樣了。要送至府上嗎？順道一提，我今天會在公司待到下班，非常歡迎妳來找我。一切看妳方便。

翻譯這工作，有時完全不必和別人打照面便能做出一本書，加上遠距工作模式興起，這種方式更為普遍。除了透過電子郵件溝通譯稿內容，就連開會議事也能線上搞定。

譯者與編輯經過幾次的校對與溝通，並進行到某種程度時，就會把稿子列印成實際的書本模樣，而這東西稱為「校樣」。到此為止，數位資料總算化為紙本。

若是繪本或童書，通常只有幾頁而已；要是成人閱讀的小說，至少有將近百張A4大小的紙量。當然也可以採郵寄到府，不過可繪大多會親自去一趟編輯部。

至少之前她都是這麼做，但近來除了郵寄之外，校樣也會以電子郵件的方式傳送全書PDF檔。畢竟有時責任編輯沒進公司，也就沒必要特地跑一趟。

這麼做非但不會造成任何困擾，反而省時省力，只是沒和人打照面就這樣付梓成冊，總覺得有點無趣。

因此，只要時間充裕，可繪就會盡量配合責編的出勤日，親赴出版社拿校樣，順便讓缺乏運動的身體活動一下。

想要到達這間出版社，要先搭乘中央線，再換搭各站皆停的總武線，坐個幾站後下車步行約十分鐘。一路順利的話，大概三十分鐘就能抵達。可繪轉身走出殘留燒焦臭味的廚房，從衣櫃取出工作用的肩背包，準備出門。

出版社所在的大樓一樓原本有間小餐館，約莫半年前關店，寫著〈暫停營業〉的公告早已褪色。

搭乘用古色古香字體寫著〈限搭五人〉的電梯，隨著哐噹一聲，電梯緩緩上升到三樓。沒有門廳也沒大門，出了電梯就是出版社。

「打擾了。」

可繪探頭，向辦公室裡喊道。

「小橋小姐，還麻煩妳跑一趟，真不好意思！」

身穿象牙白上衣搭配芥末黃細肩帶洋裝，腳踩短靴的坂下小姐，趕緊跑了過來。

「沒看到其他人呢！」

以往有將近三十名員工、忙成一團的編輯部，現在卻靜悄悄。

「基本上，公司要求居家上班，也有人一個月進公司一次。」

「反正編輯只要有筆電和手機，到哪裡都能工作。」

成排辦公桌上的電腦因主人沒來，只能賦閒著。

「也是啦！可是我在家裡或是咖啡廳，實在沒辦法靜下心工作。況且公司有影印機，電腦螢幕也比較大。」坂下小姐笑著，遞出了A4大的紙袋，說道：「這是校樣。」

從厚度約三公分的袋口，窺看到貼著好幾張粉紅色、黃色便利貼的一大疊紙張。

「貼了不少呢！」

貼著便利貼的地方，是編輯請譯者確認及修改的部分。

「沒這回事，大部分是統整之類的。」

坂下小姐雙眼圓瞠，露出才沒這回事的表情。

所謂統整，指的是統一整本書的標記、用詞等。比方說，避免同一個字在這一行寫成假名，下一行卻寫成漢字，或是錯用成另一個字，也就是統整一本書的用字風格。

不過，有時依故事情節與內容，混合使用也是一種表現方式，而這部分就得請譯者判斷、斟酌。就像英文的第一人稱是「I」，如何翻譯，端視登場人物的角色性格與關係性變化。一邊感受文字之美，一邊選擇用詞，紡出優美文句就是翻譯的妙趣之一。

「對了，這是要送妳的。」

細長包裝紙上，大大地寫著金澤老牌糕點店的店名。

「記得妳回老家一趟，是吧？」

編輯寄出的電子郵件裡，曾提到要回老家一事。

「是啊！家裡要辦法事，想說留宿會給人添麻煩，所以辦完法事、掃完墓之後，當天便返回東京了。」

如今住在東京的人，已被視為麻煩人物。聽說偏鄉地區的人還會拿石頭丟擲車號標示東京地名的車子，所以返鄉者怕被鄰居瞧見，還得和家人朋友偷偷約在營地碰面。

原本以為是什麼都市傳說，看來似乎是真的。可繪一想到這盒伴手禮如此得來不易，頓覺情意深重，趕緊行禮道謝並用雙手接過。

「好重。」

不單是心情，這東西確實頗有分量，讓人不由得猜測裡頭該不會放了金塊或金幣。

「看來你也很邪惡喔！」「哪比得上大人您啊！」像這種劇裡出現的台詞，有種行賄之感。要說編輯會賄賂譯者什麼，怕是只有「請務必準時交稿」這句讓人倍感壓力的話，就沒別的了吧！

就在可繪下意識迸出「我會努力的……」這句話之前，坂下小姐已說出內容物。

「那是一口羊羹。因為是真空包裝，可以放久一點喔！」

原來這般沉甸感是內餡飽滿的緣故。

「小橋小姐最近還好嗎？」

話題轉換到彼此的日常生活。

「我一直都在家工作，比較沒什麼影響。只是在家的時間變多了，有時一整天都沒出門。」

「妳會自炊嗎？」

「嗯……會吧？」

含糊回應的可繪，想起皮餡分離的餃子，懷疑那也算是自炊嗎？

「不，不會。」她下意識立即更正。

要是這時能夠自信滿滿地回答：「當然會自炊。」不知該有多好啊！

不過，嘆氣聲蓋過這句回應。

「那很好啊！不像我，每天都叫外送。」

最近常聽聞這種送餐到府的服務，算是外賣的進化版嗎？

「懶得煮。」

坂下小姐聳肩。

記得坂下小姐和她先生過著兩人生活。一個人住還說得過去，要是有另一半還每天叫外送，老公多少會抱怨吧？這麼思忖的可繪，把裝著校樣的稿袋和伴手禮塞進肩背包。

「時間有點趕，麻煩妳了。」

這麼說的坂下小姐，行禮道謝。

「了解。」

果然又是這樣！羊羹讓可繪肩上的重擔變得更重。

離開編輯部時，已經傍晚時分，回去後沒力氣料理晚餐，想起之前在網路上看到這附近有一間用有機食材做的便當店可以外帶。

當可繪拿出手機上網搜尋時，一輛車從身旁呼嘯而過，她趕緊避開大馬路，打算拐進巷子。

就在這時，發現一間店——

「欸？這裡有咖啡廳？」

視線前方有一塊高度及膝的小看板。

〈一個人的專屬咖啡廳　喫茶渡渡鳥〉

看板的下方還有一張用圖釘釘著，看似匆忙用麥克筆寫的卡片。

〈有提升免疫力的咖啡〉

「咦？提升免疫力？這根本是為我開的店……」

可繪關掉搜尋畫面，邁步走進了巷子。

✤

巷子盡頭有棟小民宅。

可繪像是被門上掛著〈營業中〉的牌子誘惑，握住金色門把，打開發出吱嘎聲的淺藍色厚重大門。

小巧雅緻的店裡使用老木材裝潢，宛如山中小屋，貼著磁磚的廚房那頭，正在煮水的老闆聞聲回頭。

「歡迎光臨！歡迎來到喫茶渡渡鳥。」

圓領毛衣搭配棉褲，穿著質地厚實的黑色連身圍裙，是位個頭頗高的男子。看起來比可繪年長些，大概三十幾歲或四十出頭。一頭捲髮是自然的嗎？還是燙的呢？男子小巧的臉上覆著過大的口罩，戴著黑框圓眼鏡，雙眼泛著笑意。

「一個人……」

「是的，我們是一個人的專屬咖啡廳。」

對喔！看板上有寫。

可能是傍晚時段吧，現下店裡沒有其他客人。

「不過，我們不是採一天只限一組客人的預約制，想說還是先向您說明清楚。」

不敢直視可繪的老闆，結結巴巴地補充道。雖說從事服務業，但他看起來似乎很怕生。

「好漂亮的店，一直都沒發現這裡有間咖啡廳。」

「常有人這麼說，可能因為四周都是樹林吧？」

看著老闆困惑地偏著頭，可繪也望向窗外。

外面的確存在一般住宅區不太可能擁有的茂密樹林，光是瞧見這景象就會想當作秘密基地，甚至潛意識告訴自己別發文讓太多人知道。

可繪明明時常上網搜尋這一帶的情報，竟然完全不曉得出版社附近有這麼一家店。

「只有熟客才知道的隱密感，是吧？」

這麼說的可繪前傾身子。

「我覺得想來的人會來就行了。」

老闆搔頭回道。

吧檯區擺著五張椅子，雖說這裡是為單獨來店的客人而開的咖啡廳，卻只有五個座位，而且位子與位子之間有壓克力板隔著，可能是為了確保安全距離而減少位子吧！

早已看慣店員戴口罩招呼客人的這般光景，看來餐飲業也很辛苦！思索這些事的可繪，選了靠近門口的位子。

「可以給我一杯咖啡嗎？就是看板上寫的『提升免疫力咖啡』。」

可繪說完，把手機擱在吧檯上。

「啊！」

老闆驚呼一聲。

「放心，我不會拍照上傳。」

可繪趕緊搖手解釋。

「不是的，店裡的收訊很差，如果妳要上網的話……」老闆淡淡地說：「要不要坐到庭院那邊呢？」

「咦？外面有位子呀？」

可繪望向窗外，外頭是夜幕即將低垂的清澄藍色世界。聽從老闆建議的她，起身離座。

進來時完全沒留意到，木製桌椅孤伶伶地擺在茂密樹林圍繞的草地上，鋪著紅白格紋塑膠材質桌巾，還有一張很像兒童椅的小椅子。

可繪戰戰兢兢地坐下，大小剛剛好，頓時鬆了一口氣。拿起手機點開那則標記成書籤〈關於免疫力〉的報導

〈有助於提升免疫力的食物，第一項是「糙米」。〉

「糙米嗎……」想起sayo小姐曾提及自己每天用土鍋炊煮糙米。可繪搜尋〈糙米的炊煮方法〉，網路上有很多相關文章，還會介紹好用的土鍋。

看到這裡，可繪腦中浮現鑄鐵煎鍋上的餃子殘骸，接著想起家裡的廚房模樣。擱在冰箱與牆壁縫隙間的掃帚毛尖，已經彎曲變形，還積了許多灰塵。百圓商店有賣掃帚，購物商場一把也只賣幾百日圓。

歸根究柢，獨立套房需要清掃器具嗎？還是用吸塵器比較方便呢？暫且不討論這些問題，光是sayo小姐寫的那句〈日本手工藝就是以品質良好的素材打造商品〉就很吸引人。於是上網訂購了比量販店貴三十倍的掃帚；雖然用這東西打掃房間很有優越感，卻只使用過一次。

此時，腦子裡的相機鏡頭乍然朝上。竹蒸籠沉睡在餐具櫃最裡面，用來蒸蔬菜只吃兩天就膩了。那麼，窗外的陽臺又如何呢？買了羅勒樹苗來種，認為只要澆水就能長得很漂亮，沒想到某天葉子突然破了個大洞；仔細一瞧，上面有蟲，嚇得再也不敢碰。之後就沒再瞧過陽臺一眼，搞不好那株羅勒已被蟲子啃光了。

不想再失敗了！有種整個人被烙上失敗一詞的感覺。

可繪從一堆網站中，找到教人如何炊煮糙米的線上講座，立刻報名。

✤

梭羅里請客人落坐庭院的位子後，回到廚房。

他取出冰箱裡的生薑，去皮切薄片，然後從並排許多餐具的櫃子裡拿出有金屬把手的玻璃瓶。

這東西叫做法式濾壓壺，是用來沖煮咖啡的道具。他打開蓋子，倒入兩匙咖啡粉，三片薄薑片，再加入幾種香料。琺瑯壺蓋輕搖，發出咯嗒咯嗒聲。

梭羅里拿起壺嘴竄出白色水蒸氣的琺瑯壺，把熱水注入濾壓壺，倒至淹沒咖啡粉的水量就行。停手喘了口氣之後，再緩緩注入直到八分滿，接著必須悶蒸一會兒。他利用這期間準備了一只有提把的籃子，並在底部鋪上一塊布。

「還有杯子、小碟子和餐巾紙。」他喃喃自語，瞅了一眼窗外，把擺在吧檯旁的蘇格蘭紋小毯子捲成一團。「外頭好像有點冷。」

咖啡悶蒸好後，讓濾網落至一半的法式濾壓壺穿衣服似的用棉布裹住，輕輕地放進籃子。

「這樣就行了。」

確定全部都準備妥當，他一臉滿足地頷首，將籃子的提把掛在纜繩上的掛勾。

想知會客人一聲的梭羅里，探頭朝窗外一瞧，四周已變暗，似乎讓客人有點久候。

「咖啡煮好了，請取用。」

為了讓客人聽見，上半身探出窗外的梭羅里，笨拙地拉動滑車。

這輛滑車是靠繫在店裡的柱子與庭院榆樹樹幹上的纜繩，進行輸送的手動裝置。畢竟是手製品，難免不太穩，搖搖晃晃的，還會發出吱嘎聲。

「……原來是這樣取用啊！」

客人握著手機抬起頭，望著緩緩滑向自己的籃子，微笑地說。

「這是『提升免疫力的咖啡』，把手下壓就能品嚐了。」

梭羅里解釋道。

在確認籃子平安無事送至客人手中之後，他又轉身回到廚房。

✤

可繪將手機擱在桌上，從籃子取出杯子、小碟子，以及用棉布包裹的細長玻璃壺。

「哦，法式濾壓壺吔！」

可繪照老闆所言，把手下壓後咖啡注入杯中，接著啜飲了一口，頓時口中有股辛辣香氣。

加了香料的咖啡還真稀奇呢！香料的香氣中和了咖啡苦味，明明沒加砂糖，卻嚐到溫潤甜味。深吸一口氣，彷彿置身在森林深處。

可繪覺得有些寒意，拿起小毯子蓋在膝上，再次看向提籃，發現籃子一隅有個像是果醬空瓶的東西。她好奇取出一瞧，瓶子裡裝著圓錐形小蠟燭和打火機。

「這樣就能點蠟燭了。」

她說著，趕緊用打火機點燃蠟燭，四周霎時變得明亮。由於過於專注滑手機，竟然沒察覺天色已暗。

被樹林的沙沙聲包圍的可繪，望著搖曳的燭火，思索著：總覺得內心好平靜。

拜外出機會減少之賜，時間比以往更有餘裕。儘管如此，還是覺得自己被什麼追趕著，好久沒像這樣悠閒度過一段時光。

可繪慢慢品嚐完咖啡後，起身離席。從庭院看得到店內，不過站在廚房最裡面的老闆，沒察覺到這邊的情況。

「還是拿過去給他吧！」

可繪喃喃道，將咖啡杯盤放回籃子，走進店裡。

只點著蠟燭的咖啡廳十分靜謐，也沒有其他客人。

「多謝款待。」可繪將籃子遞向老闆，納悶地問：「為什麼是『提升免疫力咖啡』呢？」

老闆用雙手緩緩摘下眼鏡，又隨即戴上，因口罩的關係而變得霧茫茫的鏡片明亮多了。

「這個嘛……」鏡片後頭的黑眸眨啊眨的，老闆背誦似地扳著手指。「生薑、肉桂、小豆蔻，還有八角，再加上少許黑胡椒。」

「加這麼多種？難怪那麼濃郁。」

可繪想起刺鼻的香氣。

「每一種都是具有暖身效果的香料。如果要想提升免疫力的話，就不能吃冰的。」

看老闆背脊挺直的模樣，肯定是自信之作吧！

對了，剛才看的網站也有提到這些食材。還真是有趣的店呢！踏上歸途的可繪愉快地思忖著，覺得身子暖呼呼。

✤

拜線上講座之賜，可繪已經習慣用土鍋炊煮糙米。

起初失敗好幾回，弄得爐子四周髒兮兮，心情也很低落，

「大家一開始都是這樣的。」

負責主持講座的糙米研究家，這樣鼓勵她。

糙米不僅富含食物纖維與維他命，十分營養，還能促進排便順暢，更有美肌功效。

十位學員都很積極，學習起來更帶勁。

「想說水分多一點，口感比較柔軟，沒想到根本不是這回事！果然拿捏適當分量很重要。」

有人努力研究。

「自從改吃糙米，我家孩子的身體狀況變好了。」

有人是養兒育女的家庭主婦，年齡層很廣。

「自從改吃糙米，我覺得免疫力真的有提升。」

可繪也積極發言。

〈糙米入門學〉的四次課程結束後，還有進階講座可選。

「也有發酵糙米課程喔！」

螢幕彼端的學員們聽到講師這番話，無不展露歡顏。

炊煮好的糙米放置幾天發酵後，不但營養價值高，還能提高體內排毒效果，甚至有專用電鍋。

「這門課程很受歡迎，有興趣的人最好趕快報名。」

學員們一齊頷首。

可繪倒也不是對發酵糙米多感興趣，只是覺得這麼持續下去，自己也能變身為「用心過生活」的一員。

開始報名的頭一天就點進網站，果然很多日期的課程都額滿了，可繪勉強保住一個名額。到了要輸入地址與支付方式的步驟時，最後有個確認是否同意的注意事項欄位。

〔未接種新冠疫苗的人，恕無法參加本講座。〕

明明是線上課程，卻要確認是否有接種新冠疫苗，還真是不可思議，但或許主辦單位就是很在意這種事。

就在可繪準備進行最後確認時，猛然停手。

「不對！」

不是這樣的……

〔已接種新冠疫苗者，恕無法參加本講座。〕

今年春天從醫療從業人員、高齡者開始依序接種疫苗。我們這世代可以選擇前往地方行政機關或公司行號等單位接種疫苗，有好幾個施打疫苗的管道。

至於是否該接種疫苗，有各種意見與看法，也是個人自由。畢竟有些人的體質就是不適合，也能理解有人對於新研發的疫苗有所疑慮。

然而，主辦單位的作法未免失當，拒絕持不同意見者參加講座一事，實在說不過去。

之前都是在介紹線上講座的入口網站報名參加，這次使用糙米研究家的名字搜尋官方網站，赫然發現網頁上羅列許多關於「反疫苗接種」、「反核」等激進言論。

「這是什麼啊……」

只是想讓自己吃得健康一點，沒想到被誘導到這方向，明明只是想用心過生活。

可繪為了安撫激動情緒，試著開啟自從過著糙米生活後，就沒再造訪的sayo小姐帳號。本想說一定能拯救自己，沒想到畫面上並排的正方形照片全變了樣。

原本擺置花草的木頭椅，取而代之的是寬敞卻毫無生機的空間。最新貼文的圖片，是一台光亮豔紅的箱型家電，標記著大大的商品名稱，並附上最新款微波爐有好用的業配文，接著是一連串以「#」區隔的主張。

〔廚房是一處考驗成人如何乾淨俐落、省時、利用空檔時間完成事情的地方。〕

回溯前面幾則貼文，再也找不到關於糙米、掃帚、鑄鐵鍋的內容，而最後還是以那句話收尾。

「#用心過生活。」

可繪像念咒般喃喃道。

不再是閃耀的魔法咒語，而是咒縛。

〔很棒吧！很不錯吧！精心推銷喔！〕

真是夠了……。關掉手機的可繪，把頭埋於擱在桌上的雙肘之間，閉上了雙眼。

✤

今早鬧鐘沒響，並非手機沒電，也不是設定錯誤；原因無他，是可繪自己刻意關掉。

起床時間是四點五十八分，其實她十五分鐘前就醒了。怔怔地望向窗外，瞧見百葉窗的另一頭是天色未明、接近群青色的天空。

可繪一把抓起放在床邊的手機按掉鬧鐘設定，這麼一來，十五分鐘後就不會因為機器鳥叫聲而醒來，然後她又閉上了眼。

再次醒來，已是陽光灑進房間正中央的時候。即使多睡了一會兒，也沒有舒暢感，反而因為睡太久，腦子昏沉。

心情煩躁的可繪，拿起沒設鬧鐘的手機，躺在床上單手操作，點開社群平台的APP，畫面盡是同類型貼文。

所謂的大數據功能，是會配合觀者的喜好，列出感興趣的貼文。而她不敵這股力量，還是點開好幾張照片。

今天「用心過生活」的子民們也是一早起來喝溫開水、冥想，親手做料理。明明不想看，手指卻反射性動著；明知這麼做也不會開心，只會讓心情更低落。

必須掙脫這般循環泥沼！可繪的早晨慣例，再也不是喝溫開水和冥想。這樣根本就是手機中毒！她不由得在心裡自嘲。

由於起得晚，一天所剩時間已不多。

收到自己翻譯的書已經印好的通知，打算親自去一趟編輯部。不要郵寄方式的她，乍然想起那天偶然邂逅的咖啡廳。

今天坂下小姐沒進公司，可繪從年輕男編輯手上接過書之後，快步前往那條巷子。

巷口和那時一樣，立著一塊小看板，但總覺得哪裡不太一樣⋯⋯疑惑的可繪，湊近一瞧。

〈有提升免疫力的咖啡〉

寫著這排字的手寫卡片上添了幾個字，仔細一瞧，〈免疫力〉一詞被畫了個叉，上方寫著〈提升自信心〉這幾個小字。

「提升自信心的咖啡……」

可繪當場愣住。

✤

「歡迎光臨，歡迎來到喫茶渡渡鳥。」

一頭捲髮可能是睡醒後沒梳整吧，顯得有點蓬亂。

「要坐庭院的位子嗎？」

可繪聽到老闆這麼問，霎時怔住。

「您還記得我來過啊……呃，老闆……」

「叫我梭羅里就行了。」

好特別的名字喔！就在可繪這麼想時，老闆低著頭，用小到幾乎聽不見的聲音補充說明。

「……我的暱稱。」

「今天坐室內就行了。」

「可是……」

老闆梭羅里看向可繪的手。

「沒關係。」

可繪把手機塞回包包，落坐吧檯區。

「要來杯『提升自信心的咖啡』嗎？」

梭羅里窺看一眼她，脫口而出的這句話，讓人聽來心情沉重。

「……嗯。」

可繪稍稍別過臉，曖昧地頷首。

她想起不時看到〈用心過生活〉關於咖啡的貼文。Sayo小姐也曾上傳用骨董磨豆機，研磨向九州某間咖啡店訂購的咖啡豆。

是什麼特殊的沖煮方式嗎？

只見梭羅里關掉爐火，伸手碰觸壺蓋，瞬間安靜的店裡迴盪著喊燙的聲音，他難為情地低頭。

目睹這一幕，可繪想起自己被鑄鐵煎鍋燙傷那天的事，不由得噗哧一笑，頓時覺得那時心情低落的自己既可笑又愚蠢。

梭羅里改用防燙夾，小心翼翼地掀起壺蓋，熱氣乍然噴散，霧化了他的黑框眼鏡。

「兩大匙。」

棱羅里挺直腰桿喃喃道，像是進行什麼儀式般地，從綠色咖啡罐舀了咖啡粉倒入壺裡。

「欸？沒用濾杯，直接倒入嗎？」

可繪驚訝地問道。

「是的。」

棱羅里一臉認真地頷首，蓋上壺蓋。

「靜待咖啡粉沉入壺底。」

就在可繪聞到從咖啡壺傳來的咖啡香時，一只空杯擺在她面前，壺身也跟著湊近。

「這是『提升自信心的咖啡』，請享用。」

「壺泡咖啡？」

「水滾後倒入咖啡粉，靜置就行了。」

「就只是這樣？」

可繪詫異地反問。

「是的，就只是這樣。」

梭羅里一派理所當然地回應。

咖啡從壺嘴徐徐注入杯中，感覺是有點濃稠的咖啡。試飲了一口，感受到深沉馥郁中，不是只有苦味的複雜滋味。

由於手邊突然變亮，可繪詫異地抬頭，原來不知何時桌上已點了蠟燭，和之前一樣也是放在果醬空瓶裡。

「這咖啡好好喝喔！從未品嚐過這樣的味道。」

可繪又往杯子添些咖啡。

「壺底積著咖啡粉，會有雜味，別全倒……」

可惜警告聲來得太遲，可繪已把剩下的咖啡全注入杯中。

「抱歉，來不及告知。不過，這樣也很美味喔！」

梭羅里無奈地聳肩說完，開始清洗東西。

的確像是吃到沙子般，舌頭嚐到顆粒感，卻是從未體驗過的醇厚味。由於咖啡粉全數入口的關係，感受到野性魅力。原來壺泡咖啡是這樣的口感！

可繪想上網搜尋這種咖啡，探向包包的手卻停住，心想：沒必要現在就知道，況且這裡收訊很差。

「雜味啊……」

可繪喃喃自語，在心中反問自己：為何想上網看社群平台？是為了汲取資訊嗎？那就只要搜尋必要的事就行了。結果一天至少滑個兩、三小時，甚至一回神才發現自己已經盯著手機超過五小時。起床後把時間泰半浪費在這種事情上，究竟為了什麼？為了窺看sayo小姐的生活？知道一位連長得什麼樣都不曉得的人，如何生活又能怎樣呢？說到底，究竟什麼才叫「用心過生活」……

不曉得是不是因為被積在壺底的濃稠咖啡粉刺激，腦中不斷翻湧對自己的各種疑問。

「用心過生活」的子民們，都說在家人尚未起床的清晨或一天結束時，為自己沖煮一杯咖啡是最美好的時光。

因此，連即溶咖啡都懶得沖泡的可繪，曾覺得自己活得很不優雅而感到沮喪，但真是如此不堪的事嗎？無法用鑄鐵煎鍋煎出色香味俱全的餃子，有那麼丟臉嗎？

「我容易看到別人的好，就被牽著鼻子走，逼自己要跟別人一樣。」

可繪坦承自己被社群平台囚縛的那段日子。

「我是這麼想啦……」默默傾聽的棱羅里，緩緩地說：「以自己美好一面為傲的人都有股能量，所以一直接受來自社群平台的這股能量，不是很累嗎？還是稍微迴避一下比較好吧！對了，就像松鼠。」

可能是戴著口罩的關係，聲音有點含糊不清，不過低沉平靜的嗓音卻讓可繪很安心。

「松鼠？」

「是的。松鼠冬天會窩在巢穴裡，有儲備秋天採集的食物，加上一身蓬鬆的毛，因而能安心過冬。」

想像雙頰塞滿果實，搬運食物到巢穴的松鼠模樣，可繪的心都暖了。

「做過頭了……」

明明想每天過得舒適自在，一回神，發現囚縛自己的不是別人，禍首就是自己。

梭羅里默默關心著可繪，打開廚房的櫃子抽屜，不曉得在找什麼。過了一會兒，他把一枝筆尖禿了的筆遞向可繪。

「這個，」拿著筆的梭羅里，充滿自信地說：「擁有芯。」

「欸？」可繪一臉困惑。

「妳需要的是這個，擁有自己的芯。」

「啊！玩笑話嗎？」

可繪不禁笑了出來。

梭羅里卻一臉認真，隨即翻找抽屜，這次遞出一個舊舊的削鉛筆器，造型古樸，邊長約莫三公分的四方形塑膠材質。

「研磨芯，磨利它。」

梭羅里露出「如何？就是這意思」的表情。

「被別人的基準搞得團團轉而迷失自我，真的很可惜。不過，只要自己覺得好就行了。別忘了最重要的是，自己擁有磨利的芯。」

「芯……」

可繪看著手上的鉛筆與削鉛筆器，梭羅里步出了廚房。

「不嫌棄的話，請帶走吧！」

梭羅里笑著這麼說，但可繪想到家裡一堆鉛筆，予以婉拒。

「是喔！」失望的梭羅里，倏然抬起頭，沒頭沒腦地問道：「對了，妳覺得美國人喜歡喝口味偏淡的咖啡嗎？」

「不清楚吔！」

可繪疑惑地偏著頭，心想：上網搜尋就找得到答案吧？比起這件事，她更加在意磨得尖尖的鉛筆模樣，右手也不自覺地握拳。擁有自己的芯嗎？原來如此啊！

「多謝款待。」

準備結帳時，可繪伸手探入包包，觸到硬硬的東西，原來是前幾天編輯坂下小姐送的甜點。因為有效期限還很久，一時忘了。

「那個……如果不嫌棄的話，還請收下。我一個人吃不完。」

她拆開包裝，遞出一小包羊羹。

此刻可繪突然意識到，雖然坂下小姐自嘲自己的生活方式，或許這是面對活得不夠自在的自己，一種溫柔的對待。如此體貼的心，才是用心過生活，不是嗎？

這樣的坂下小姐，儘管三餐多靠外送來解決，但絕非無用之人，也不該如此衡量一個人。原來自己的身邊，多的是可作為榜樣的人。

即便是雜味，也是一種美味，只要自己覺得美味就行了。不需要模仿別人，擁有自己的價值觀，自己過得快活自在就是理想生活。

可繪抬頭，視線停駐在廚房柱子上的一幅小畫。

「那是渡渡鳥吔！」

以藍色為背景，用摻雜淺粉紅與綠色的水彩，繪著店名〈渡渡鳥〉，一隻不會飛的鳥兒望向這裡的眼瞳十分可愛。

「是的。」

梭羅里扶了扶眼鏡，瞅了一眼那幅畫後頷首。

「就是出現在《愛麗絲夢遊仙境》裡的渡渡鳥。」

誤闖奇幻國度的愛麗絲，喝了放在桌上的一瓶飲料後，整個人突然變小，沉溺在自己的淚海中。她隨波逐流到岸上，遇見了渡渡鳥。

根據知名插畫家約翰．譚尼爾所描繪的渡渡鳥——寬額、身形矮胖似鴕鳥，擁有一雙短腿，有著前端呈彎鉤狀，像是鴨子嘴的鳥喙。

「早已滅絕了。」梭羅里苦笑。

自從被人類發現後，僅僅過了百年便滅絕。

可繪小時候很著迷《愛麗絲夢遊仙境》，一直想閱讀原文版，並如願考上英文系，也是現在從事這份工作的初衷。

淡忘的幼時回憶，促使可繪變得坦然。

「可能是因為這緣故，踏進這裡就像身處童話世界一般。」

店外籠罩著一股靜謐，眺望著染上些許深藍色的夜空，還能瞧見微微的星光。

自己最需要的不是別的，就是如此簡樸的時光吧！

可繪暫時委身於這片森林中。

✤

目送客人離去的梭羅里，趕緊回到廚房，開啟爐火，用小碟子盛著方才溢到桌上的咖啡粉，並倒入滾水，接著拿起收到的禮物。

「啊！是黑糖羊羹。」

滿面笑容的他拆開包裝，恰巧壺裡的咖啡也泡得恰到好處。

今晚也是靜靜地迎向夜深。

第二話

心是雨天的三明治

從早上就一直下雨；正確來說，不是從早上，而是昨天、前天都在下雨。說得更明確些，這一週沒放晴過。新聞時段的天氣預報畫面一隅，顯示著未來幾天也都是標記雨傘圖案，無奈就是這樣的季節。

老舊小屋改裝的咖啡廳〈喫茶渡渡鳥〉，情況如何呢？如此陰沉天氣，店內當然有點昏暗，四處可見燭火搖曳。

廚房吧檯上並排著幾個之前沒見過的玻璃罐，那是使用鋁製封扣的保鮮罐。一瞧，約莫五、六個。

老闆梭羅里從方才就一直拿著罐子，往返水槽與爐子之間好幾次。究竟在做什麼呢？稍微湊近一看，幾個罐子被放入裝滿水的大鍋子裡滾煮，原來是在消毒。

「沸騰後靜置一會兒，關火。從鍋子取出玻璃罐，小心別燙傷……」

稍不留意可是會發生大慘事。梭羅里用長夾小心翼翼地夾起罐子，再慢慢地倒放在乾淨的抹布上，霎時宛如洗完澡的更衣間，水氣蒸騰。

「一個、兩個、三個……」梭羅里屈指數著還在滴水的玻璃罐，猶豫了一下，又將另一個罐子沉入熱氣殘留的鍋子裡。「再消毒一個吧！」

〈喫茶渡渡鳥〉位於行人如織的鬧區一隅，卻有著如在郊區的開闊感，不單是因為地處從大馬路拐進來的一條巷弄裡，也是因為四周林木蓊鬱像是小森林。天氣清朗時，還能聽到悅耳的鳥囀與樹葉沙沙聲。

現在卻只聽得到不曾停歇的雨聲，時而滴答作響，時而嘩啦嘩啦傾盆而下，但大抵都是綿綿細雨。窗外的景色像是透過毛玻璃望去，全成了一片朦朧。

「還真安靜呢！」

梭羅里心中湧起一種整間店彷彿被白線裹住，與現實隔離之感；而之所以有此感覺，就是因為雨下個不停。

明明雨聲比起彼落卻覺得靜謐，雨吸收了其他的聲響，無論是草木搖曳聲，還是蟲鳴鳥叫，就連人與車子行駛的聲音也被抹消。

梭羅里確認倒放的罐子已經曬乾後，便著手開始備料。

✤

重田凌起得很早，即便外頭天色昏暗，還是起床了。

多加良世羅被設定七點的鬧鐘叫醒，前往客廳時，瞧見凌坐在電腦前一邊比劃各種手勢，一邊正在應對著。由於戴上耳機的關係，不曉得說些什麼。畢竟是全程用英文交談的會議，就算聽得見聲音也無法理解意思，但透過畫面可知他們正在熱烈交換意見。

像這樣，幾乎每天早上都必須配合總公司的當地時間，進行線上會議。那長久以來的傳統開會形式，又算什麼呢？世羅覺得匪夷所思。

為了不讓自己穿著睡衣的模樣出現在畫面上，只好彎腰從凌的身後走到陽臺，凌微笑地瞅了她一眼。

兩人結識於大學的某課堂上，那時的世羅是大三生，攻讀研究所的凌則是旁聽生，初次上課就碰巧坐在一起。

明明是連帽上衣搭配牛仔褲，再普通不過的裝扮，腳下卻踩著一雙木屐，「還真是個怪人」這是凌給世羅的第一印象。不同於以拿學分為目的的大學部學生，純粹為了鑽研專業領域而進修的凌，從來不遲到早退、準時交作業、積極參與小組討論的態度，讓世羅由衷佩服。每次進行討論時，凌總能提出各種世羅沒想到的獨特見解，光聽就覺得有趣，也就愈來愈在意他。

這門課沒規定要按學號入座，所以坐哪裡都行，但不可思議的是，最初的位子儼然成了自己的指定席，只有極少數學生會更換座位。凌總是坐在世羅旁邊，兩人也不知不覺地愈走愈近。

先一步踏入職場的凌，任職美商電信公司的日本分公司。晚一年畢業的世羅，則是進入以販售教材、經營補教業為主的企業，起先待的是業務部，於前年開始成為第一線人員。

世羅本來就對幼教很有興趣，決定加入以學齡前兒童為對象的補教班營運部門。雖然很享受達成目標的喜悅感，但其實一切才剛開始，工作量也逐漸增加，多的是力不從心的日子。

世羅梳妝打扮後，換上了套裝，自然地切換成工作模式。接著朝著看向她的凌，揮了揮手，不出聲地說了句：「我走囉！」

凌那擱在餐桌下的手，輕輕地左右搖晃。

電腦螢幕上的人已不是方才那位，看來今天的第二場會議開始了。

兩人於五年前開始同居，也就是世羅成為職場新鮮人的第一年，那時大她三歲的凌是二十五歲，現在已邁入三字頭。

最近世羅的公司，針對內部進行一項調查結果顯示，交往兩年便同居的情侶，大抵一起生活兩年後就會步入婚姻。

然而，凌與世羅尚未登記結婚，因為他們決定「夫妻別姓制度」尚未落實之前，不會結褵。每回選舉都會端出這個議題，每次都很期待，卻遲遲未見落實。

「全世界只有日本把夫妻同姓以法律予以義務化。」聽到世羅這番話的凌，也歪著頭疑惑地說：「夫妻別姓有這麼不好嗎？」

姑且不論上個世代對於夫妻別姓制度，之所以無法落實的理由之一「家制度*」有何看法，至少世羅他們這一代實在無法理解。

其實世羅他們在乎的不單是姓氏問題，放眼海外，許多國家的女性政府官員超過半數，以首相為首，其他政黨的領導人也是女性的國家一點也不稀奇。雖說去年組成的現任內閣官員平均年齡有年輕些，但二十位官員中只有兩位女性，比率只有百分之十。看來增加女性領導人、性別落差指數改善等問題，還有一大段距離要努力。

*注：家制度，又稱為「家族制度」，是根據一八九八年的明治民法所制訂，即指由統制家族的戶主承擔一家的責任，撫養家人的制度。其特徵之一是全家姓氏相同，婚後妻子需從夫姓。

世羅認為要想力求性別平等的世界，最淺顯易懂的主張，就是別姓議題。恪守別姓一事，至少能彰顯自己的價值觀，也是兩人的共識。

要想改變今後時代，就不能被舊制牽著鼻子走，應該掙脫迂腐思維，每個人都能自主平等、相互扶持才是最佳關係。

因此，兩人在決定同居之前，分別打電話告知父母，也感謝長輩們並未反對他們的想法。

✤

梭羅里打開冰箱，探頭瞧著冷藏庫，挑選食材。

「小黃瓜、還有洋蔥，香草絕對不能漏掉。」

喃喃自語的他，握著一把像是青草的淡綠色菜葉，瞇起眼睛。

「鮮嫩到彷彿能淨化周遭……」

他似乎相當滿意食材的鮮度。

「高麗菜、番茄、青山椒，蔬菜類這樣就夠了。再來是魚囉。」

請魚店老闆把青魚切成生魚片。

「還有……」他微笑著取出一盒草莓。

看來梭羅里已規劃好菜單，只見他意氣風發地站在廚房，挽起白襯衫的袖子。

倒放在乾淨抹布上的罐子已經曬乾，在燭火的映照下閃耀生輝。

✤

這時節一直都是陰雨天，感覺整個地球沉沒於水中。

世羅抖落雨傘上的水滴，走過被濕氣弄得朦朧的自動門。坐在接待櫃臺的真田小姐，立即迎上前。

「多加良老師，早啊！」

「辛苦了，真田老師。」

輪值早班的真田老師，應該清晨五點就到了，卻還是以爽朗笑容迎接早上九點上班的世羅。

才藝班裡不限專任講師，就連工作人員也是互稱「老師」，擔任事務職的世羅早已習慣被稱為「多加良老師」。

「有誰來了嗎？」

工作人員的私人物品放在辦公室，而門口附近的客用傘桶，並排著一把透明塑膠傘和鮮豔粉紅色的兒童雨傘。

世羅隸屬的〈木馬兒童學園〉，是專門招收以考取私立小學為目標的幼兒補習班。主力是以錄取名校為號召，有專為四歲以上兒童而開設的「資優班」，也有所謂的先修班「公主班」，連尚在牙牙學語的兩歲幼兒也可以就讀。

會送孩子來這裡的父母，倒也不全是那種非常注重孩子教育的虎爸虎媽；有想說孩子的個性比較適合念私校，姑且試試的父母，也有不少家庭把這裡當作托兒所。

看準有此需求，公司依規定編制人員，添購了設備，也登記為托兒所。孩子可以在這裡從早上六點待到晚上十點，真的幫很多父母分憂，所以即使月費不便宜，招生情況還是很好。

今天是禮拜二，只有傍晚有課。而這時間會過來的客人，應該是來托育孩子的。

「是啊！齋藤八點就來了。」

「比子嗎？」

「今天她媽媽也來了。」

這一帶是所謂的高級住宅區，齋藤母女住在有錢人最多的五丁目。獨生女的比子剛滿三歲，身為家庭主婦的齋藤太太由於想有多一點私人時間，從半年前開始讓女兒來上課，而且多是下午兩、三點過來，很少一早就出現。

世羅瞧了一眼托兒室，保育員高部小姐與齋藤太太，正在和比子一起挑選繪本。

「啊！多加良老師。」

比子喊著，奔向世羅。

「早啊！比子。今天很早就來呢！」

儘管很想摸摸她的頭，握握她的手，但正逢疫情期間，不少家長很介意。工作人員們便達成共識，避免和孩子直接接觸。

「今天爸爸在家工作，怕打擾到他，我們就決定早點過來。我可以一起陪同嗎？」

「當然可以。」

招生對象是四歲以上兒童的資優班，不少家長會陪孩子上課，但年級高一點的班級，則規定不能陪同，因此在走廊等待的家長會透過玻璃窗瞭解上課情形。老實說，多少有被監視般的不舒服感。

「媽媽總是陪著比子，真是太好了。」

「嗯！」想說比子會用力點頭，沒想到世羅才一轉身，比子就一溜煙似地，張開雙手，奔向母親懷抱。「最喜歡媽媽了。」

「是啊！比子的媽媽好溫柔喔！」

聽到世羅這番話的比子，小臉蛋充滿了喜悅。

「嗯！而且很可愛。我最喜歡媽媽了。」

女孩從小就這麼憧憬美麗事物。

「謝謝。」

齋藤太太的白皙臉龐霎時泛紅，被逗得很開心。

宛若天使，說的就是這樣的人吧！世羅感受到被毛毯裹住般的溫暖。

在整理窗簾時，耳邊傳來齋藤太太為比子念繪本的溫柔嗓音。好懷念啊！世羅回頭，瞧見比子探出身子，看著攤放在母親手上的橫長形繪本，封面繪著一輛偌大的綠色電車。

這本福音館書店出版的繪本《下雨天接爸爸*》，是由兒童文學作家征矢清*的文章，搭配漫畫家長新太*的圖。其故事是在講述女孩在雨天送傘給爸爸的小小冒險；一路上在奇幻車子裡的動物乘客們幫助下，終於順利抵達父親任職的公司。

透過繪本感受到獨自出門的忐忑不安，踏入未知世界的勇氣，以及終於完成任務、鬆了一口氣的感受。

世羅不由得想起，自己小時候也時常央求母親念這本書。

保育員高部小姐在不遠處一邊看著齋藤母女的互動，一邊整理書櫃。

咦？準備回辦公室的世羅，冷不防停下了腳步。記得這裡有一段歌詞，以前母親念到這段時是用唱的，齋藤太太則是朗誦詩詞般地念這一段。由於繪本內容早已深植腦海，馬上察覺到不太一樣。

＊注：原書名為《かさもっておむかえ》。
＊注：征矢清，兒童文學作家，代表作品有《葉子小屋》、《美味麵包店》等。
＊注：長新太，一九二七～二〇〇五，日本漫畫家、繪本作家。

繪本的文章只用文字表現，既沒樂譜也沒節奏，每個人念出來的感覺都不一樣也是理所當然。

不可能一樣嗎？有些在意的世羅，步出托兒室。

世羅和業者以線上會議方式商討新教材，還得趕緊彙整暑期課程的各項要點，轉眼已是中午時分。

此時傳來敲門聲，原來是高部小姐。

「齋藤太太要回去了。」

站在櫃臺前的齋藤太太，正在幫比子穿好繫在腰部的防雨裙。

「現在是她爸爸的中午休息時間，我帶比子回家，我們先走了。」

齋藤太太看向世羅，說道。

盡量配合家長需求，也是〈木馬兒童學園〉的一大特色，為了試圖與其他補習班、托兒所有所區別。而這麼做確實拓展不少客源，卻也相當考驗世羅他們的應變力。

「好可愛的雨衣喔！哇——，和雨傘同款呢！」

比子聽到這番話，得意地看向世羅。

以深藍、綠色表現幾何圖案的雨衣，確實別具設計感。

「這是名叫MUTUKOISOGAI的日本設計師的作品。這件防雨裙是今年發表的新品，非常搶手。」

齋藤太太補充道。

「讓人看得心情都開朗起來了呢！即使是這樣的下雨天。」

門那頭的天空依舊陰沉，雨勢也沒有停歇的跡象。

「因為想穿這件防雨裙，也就喜歡在雨天出門。」

齋藤太太看著比子，微笑地說。

「原來如此啊！真好。」

世羅笑著回應。

「多加良老師家的爸爸，還是和往常一樣進公司嗎？」

齋藤太太突然轉換話題。

「爸爸？」

是問我爸嗎？世羅不禁感到困惑。

「不好意思，是說您先生。」

「喔喔，我先生嗎？他也是遠距工作，一大早就要開線上會議，還得穿上西裝才行。」

「需要幫他準備午餐嗎？」

面對笑著回答的世羅，齋藤太太一臉擔心地問。

「不用，他都自己隨便弄弄。」

凌多少會幫忙做家事，自從決定同居後，兩人相處模式一直是如此。

「多加良老師的老公，也會分擔家事啊！好好喔——！我也希望能和這樣的人結婚。」

目前積極相親的真田小姐，羨慕地說。

「偶爾吧！做些簡單的料理，像是咖哩之類。」

雖然稱不上多麼精緻美味，但世羅覺得凌的手藝可能比自己好。

「我家爸爸連微波食品都不自己弄呢！」齋藤太太一臉無奈地說完，牽起比子。「好了，快走吧！」

「那我們先走了。謝謝！」

母女倆轉身步出自動門。防雨裙的鮮豔顏色，與比子的小跳躍，一同輕快舞動。

世羅目送她們離去的身影，心裡有著抹消不了的疙瘩。

爸爸、老公、您先生，這些都是理應關係對等「一起住的另一個人」的稱呼。也許是自己太敏感，單純方便稱呼而已，沒什麼特別意思。不過稱呼決定扮演的角色，不是嗎？因為是「您先生」，所以「老婆」非就得操持家務嗎？而「爸爸」這個稱呼，應該是用於有孩子的家庭，不是嗎？

世羅認為就算沒登記結婚，淩也是丈夫，她是妻子，就只是這樣而已，不需要多餘的角色。

一到車站，發現驗票口附近人潮洶湧。原來是平常通勤搭的電車，因電力系統故障的關係，班次大亂。

用APP查詢如何轉乘的世羅，搭上不太熟悉的電車路線。

「從這個車站稍微走一下，就可以轉搭直達的地下鐵嗎？」

她喃喃道，趕緊步出擠滿人的電車。

「下雨了，雨好大，帶著傘去接人——」

雨水打在透明塑膠傘上又滑落，她哼著歌，配合節奏轉動著雨傘，濺起了小水花。

世羅不由得想起母親念繪本的聲音。父親在她小學五年級時，去了另一個世界，母親獨自養育世羅，供她上大學。即使頻頻有人建議母親再婚，她卻始終沒此打算，應該是很愛父親。不過，也是為了以「多加良」這姓氏為傲的世羅著想吧！對世羅而言，「多加良」這姓氏是和亡父有所連結的證明。

「渾身濕透的小男孩——哎呀呀——」

像要抹去歌聲似地雨聲落在傘上，雨勢突然變強。

早知道就穿雨鞋了。雖然雨天也能穿的象牙色高跟鞋有防水功用，但從腳背、旁邊滲入的雨水濕透絲襪，肩上的包包也被打濕。包包裡裝著帶回家審閱的資料，可不能弄濕。

世羅拐進岔路，來到樹蔭下，打算稍稍避一下雨。

在這裡待一下好了，雨勢應該會變小吧？這麼想的她仰望天空，視線忽然落在置於前方兩、三步距離的小看板上。隔著防雨塑膠套，瞧見上頭有一排像是蚯蚓的文字。

〈一個人的專屬咖啡廳　喫茶渡渡鳥〉

世羅湊近看板，店名下方用圖釘釘著一張手寫字條。

〈有雨天的三明治〉

反正現在回去，凌還在工作，在這裡躲一下雨吧！

這間店位於巷弄內，樹蔭一直延伸到巷子深處。

世羅在樹林構成的天然傘下，小跑步地奔向咖啡廳。

✤

跑過巷子，來到一片出乎意料的開闊空間。綠草如茵的庭院，擺著被雨淋濕的桌椅。天氣好的話，這裡就是戶外用餐區吧！世羅走向明明位於熱鬧市區，卻像山中小屋的建築物。

拜屋簷之賜，雨水沒滲進玄關，腳下的混凝土地面也看起來頗乾爽，保有淺灰色。由於一直在雨中奔波的緣故，光是有處避雨的地方，就讓世羅大大鬆了一口氣。

握住淺藍色門上的金色門把一拉，掛在門內側的鈴鐺發出清脆聲響。

「歡迎光臨，歡迎來到喫茶渡渡鳥。」

一頭捲髮、戴著圓框眼鏡、雙手插進黑色連身圍裙的口袋、個頭頗高的男子看向世羅。店裡沒有其他客人，只有這位男店員。

店裡只有一處小巧的廚房，和擺著五張椅子的吧檯區。

這麼小的店，一個人應該忙得過來吧？而且好像沒什麼客人。就在世羅這麼思忖時，彷彿被聽到心聲似的——

「碰巧今天天氣不好，沒什麼客人。」

老闆強調是「碰巧」，一聽就知道是藉口。他那理直氣壯的表情，實在叫人厭惡不了，世羅不禁笑出來。

「巷口的看板上寫著『雨天的三明治』，是什麼樣的內餡呢？」

「請問，有什麼吃了會過敏或不敢吃的食材呢？要是都沒有的話，就請期待。」

原來如此，就是看廚師心情而定，這樣也沒什麼不好。

「我什麼都吃，那就來一份那個。」

世羅一邊回道，一邊用小毛巾擦拭被濡濕的包包與外套下襬。

「請隨意坐。」

吧檯前擺著和幼稚園、圖書館兒童書區一樣的木頭椅子，只是椅腳比較長，被漆上和店門一樣的淺藍色。一坐上，哐噹一聲有點不穩，但坐起來的感覺蠻舒適的。

店裡整齊排放著鍋具和餐具，也有擺飾木製玩具與植物。柱子上掛了一幅裝框小畫，一隻鳥兒露出虛脫似的滑稽表情，大概是描繪店名「渡渡鳥」的插畫吧！

廚房裡面不曉得是什麼模樣？世羅好奇地窺看，瞧見有個和小廚房不相稱的大螺旋槳。

「咦？那是什麼？」

她詢問正在廚房忙碌的老闆。

「風車，還在試做階段。」

老闆頭也沒抬地回道。

「風車？」

「是的。想說試試風力發電，無奈一直下雨，沒辦法試驗。」

老闆像個脾氣執拗的孩子般偏著頭。

「電力不通嗎？」

世羅驚訝地問，同時心裡暗忖：該不會是茂密樹林遮擋的關係？

「不是的，只是多少想為地球著想。」

老闆輕輕搖頭，那頭捲髮有節奏地晃著。

從氣候變遷的觀點來看，減少使用石油資源的運動，正在世界各地迅速展開。近來就連小學也將SDGs（聯合國的永續發展目標）相關知識，列入學習項目。而世羅任職的補習班，也正考慮將此議題納入課程，她恰巧在研究這方面的相關事宜。

「風力發電，個人也辦得到嗎？」

「國外有些地區，百分之百能利用綠色能源供給電力，可想而知，其庭院裡立著大風車。在這裡要是柱子高度不到十五公尺，不足二十千瓦的發電裝置，根本供給不了什麼電力，因此還在試驗階段。」

老闆停下手邊的事，以徐緩口吻仔細說明。世羅一臉認真聽著。

「只要風力夠，二十四小時都能發電呢！」老闆扶正眼鏡，難為情地笑著說：「總之，這般程度連水也無法煮沸，可能跟玩具沒兩樣。不過，願意嘗試這一點很重要。」

小小的聲音無法傳遞出去，或許吧？但正因為如此，要是什麼都不做就無法前進。不放棄地做自己能做的事，總有一天會吸引別人注意，成為一股力量也說不定。

就算最終沒做出結果，總比什麼都沒做來得好。世羅這麼想。

「再怎麼枝微末節的事，也要用心做。」

世羅像在說給自己聽似地頷首。

「總有一天能得到答案就太好了。」

老闆喃喃道。

視線從風車的螺旋槳移回吧檯的世羅，瞧見桌上有個盛著切成兩份厚厚三明治的白盤。

「哇——，看起來好好吃喔！」

世羅合掌，驚喜道。

「這是『雨天的三明治』，請慢用。」

世羅隨即將盤子挪近，摘下口罩放一旁，張大嘴咬了一口。

切得又大又厚、嚼勁十足的吐司，有股微微的小麥香，餡料是用胡麻醬調味，加了好幾種蔬菜和肉。每咬一口就能感受到各種食材的特色，吃起來非常順口，是誠意滿滿的味道。

「好久沒像這樣大快朵頤了。」

世羅抹著嘴，笑道。

自從口罩生活變成常態以來，就連大啖美食的機會都減少了。

「所以是『雨天的三明治』啊！要是晴天的話，就該在戶外野餐之類的，不是嗎？就是為了這種時候，能一隻手輕鬆地拿著吃而做的。雨天窩在家裡吃著加這麼多料的三明治，就覺得很幸福。」

老闆滔滔不絕地說明。

「這想法真有趣。」

世羅用手抓起掉在盤子上的餡料，笑著回應。

「不僅如此呢！請看這些餡料。」

老闆趕緊補充道。

「番茄乾、雞胸肉、紅蘿蔔絲，還有蘿蔔乾嗎？用日式口味的食材，當作餡料還真是稀奇，但真的很好吃。」

「雨天就會渴望來自陽光的恩惠，才會使用充分曬過日光浴的蔬菜乾作為餡料。之所以用胡麻醬調味，是因為胡麻含有礦物質，最適合用來調理這時節的身體狀況。」

「紅蘿蔔也曬過嗎？」

三明治的切口添綴著切絲的鮮豔色彩。

「紅蘿蔔是用蒸的。透過加熱的烹煮方式，具有抗氧化作用的類胡蘿蔔素就會增加。」

「雖然已經好一陣子見不到太陽公公了，但像這樣就能稍微攝取到來自太陽的恩惠。」

老闆聽到世羅的這番話，總算滿足地點頭。

拜電車事故之賜，有種誤闖童話世界的感覺，彷彿搭上《下雨天接爸爸》中，那輛乘客都是動物的不可思議車子。世羅暗自歡喜地心想，不禁感到慶幸。

吧檯上的燭火搖曳，好似在回應什麼。

✤

「把果醋倒入盛滿水的鍋子。」

梭羅里待大鍋子響起咕嘟咕嘟聲之後，加入約水量的一半、用蘋果汁做成的果醋。蘋果果醋沒那麼酸，怕酸的客人也能輕易接受。接著再加入鹽和砂糖，煮至沸騰。

「用刮刀充分攪拌。」

待砂糖融化後，醬汁就完成了。

「換你們出場了。」

是的，沒錯！輪到總算消毒完畢，一直從旁待命的保鮮罐登場。

把切好的蔬菜倒入罐子，再注入冷卻的醬汁。

「啊！忘了加香草。」

這可是用來提味的重要食材。

梭羅里拿了幾根插在瓶子裡的香草，適當捻碎後丟進罐子裡，然後蓋緊瓶蓋，放進冰箱，再來就等美味可以入口時。

✤

從早上就異常忙碌的一天。

除了是否舉辦奧運的話題，炒得沸沸揚揚。世羅任職的補習班，則是面臨另一種慌亂——大夥無不忙著準備暑期課程。

由於月底會計要作帳，必須結算老師們的授課費、經費支出等雜務；再者今天來上課的學生不少，還有幾位是新生。兩班資優班滿座，負責「公主班」的保育員人手不足，世羅和真田小姐只好輪流去托兒室幫忙。

傍晚時分，送走了資優班學員，托兒室超過半數的孩子也已回家，正當大夥總算能稍稍鬆一口氣時，一名男子現身於櫃臺。合身的西裝搭配粗領帶，頭髮往後梳整，身形偏瘦卻結實，一看就是白領菁英。

「我是齋藤比子的爸爸，來接她回家。」

字正腔圓的嗓音，促使世羅回頭。

「比子的父親嗎？您請稍等。」世羅說完，朝托兒室喊道：「比子，爸爸來接妳了。」

「感謝老師的照顧。」

男子戴著尖嘴造型、有如鳥喙的高效能口罩，點頭致意。

「您客氣了。今天怎麼不是媽媽來接呢？」

世羅的這番話讓男子神情緊繃。

「內人不太舒服，好像是自律神經失調之類的，真是傷腦筋。」

可能是擔心太太的病況，口氣很嚴肅。

「正值季節交替，身體容易出狀況，還請保重。」

世羅趕緊這麼回應。

「身為人母，不振作一點怎麼行。那傢伙有沒有給你們添麻煩？」

「沒這回事，齋藤太太總是很有耐心地念繪本給比子聽。」

「是啊！她是很棒的母親。」

坐在櫃臺的真田小姐也附和道。

「念繪本給孩子聽？她不會念錯嗎？只是長得好看，沒什麼學養，笨得很……就是因為不希望女兒像她一樣，才想說早點送比子來你們這裡。」齋藤先生竟一臉苦笑且語帶譏諷，他撫摸步出托兒室的比子的頭，質問似地看著比子：「比子，有好好學習嗎？」

「嗯！」

滿意女兒很有活力的回應後，齋藤先生便牽起比子的手，消失在自動門的另一頭。

不過，比子的腳步顯得有點沉重。

「真是的，怎麼當著孩子面前說那種話啊！」

真田小姐十分不以為然。

「在孩子面前說她最喜歡之人的壞話，到頭來受傷害的是孩子。」

世羅也有同感。

「還真是有點意外，分明就是冷暴力啊！」

真田小姐嫌惡地說。

言語暴力是冷暴力的一種方式，也就是用言語傷害對方的人格與尊嚴的行為。由於沒有具象形體，很難定義是一大棘手問題。就算當事人沒這意思，只要對方覺得被貶損，就是冷暴力。

世羅有一種彷彿自己被輕蔑的厭惡感，不由得想起齋藤太太那有如天使的笑容。

「看他那種態度，讓我對婚姻存疑。」

真田小姐一臉失望。莫非相親一事不太順利？

「夫妻關係百百種囉！」

「多加良老師是事實婚*吧？果然不想被束縛。」

旁人會這麼認為也是沒辦法的事，但這是我們達成共識的形式。

「如果能選擇夫妻別姓，我們就會立即登記結婚，無奈這個議題遲遲沒有進展。」

「夫妻別姓啊……」真田小姐頹喪似地突出下唇。「我要是能像多加良老師一樣意志堅定就好了。就算這制度落實，我還是會很困惑。」

「欸？為什麼？可以選擇不是很好嗎？想從夫姓也是可以的。」

真田小姐比世羅小三歲，以為比自己還年輕的世代應該會贊同這想法，所以這反應讓世羅頗意外。

「選擇越多，煩惱越多。如果選擇從夫姓，不是被嘲笑LKK，就是不懂得捍衛女權的笨蛋。」

＊注：事實婚，是指具備結婚實質要件的男女，未進行結婚登記便以夫妻關係同居生活，群眾也認為是夫妻關係的兩性結合。

沒這回事……。世羅本想這麼回應，無奈話到嘴邊又吞了回去。要是批評他們是「無法獨立的人」，不就做了和齋藤先生一樣的事嗎？世羅感到很錯愕。

是因為懷著鬱悶心情回家嗎？還是正好遇上讓心情更不好的事呢？

「我回來了。」

一開門進屋，便瞧見坐在電腦前的凌開懷大笑。

「哦，妳回來啦！」凌笑著招手回應；「我正在和澄太視訊，剛才也和祐里、莉莉聊了一會兒。」

澄太是凌從高中時代就認識的朋友，聽說他辭去東京的大公司工作，今年春天和家人遷居山梨。他們似乎是用會議APP視訊，澄太和祐里都是開朗又有活力的人。

只不過，世羅今天真的沒這心情，只好默默地伸手在面前揮了揮，示意不想視訊。

「世羅剛下班回來，好像很累的樣子。」

凌識趣地幫忙擋掉，接著他們又愉快聊了一會兒，總算隨著一句「再聯絡喔！」寂靜驟然再訪。

線上會議總是乾脆地劃下句點，讓人有種奇妙的感受。也許是因為習慣大家閒聊幾句後才開會，然後邊走邊聊，步出會議室的感覺。

結束得俐落也很好，只是覺得線上會議只談要事，少了點人情味。

世羅擔心自己無法適應新生活方式，看著伸了個懶腰並順手關掉APP的凌，心想：凌已經完全習慣這般狀況吧！

「抱歉，補習班那邊出了點狀況。」

「沒事，妳剛下班一定很累。」

凌的溫柔拯救了被齋藤先生攪亂的心情。

「澄太他們的新居生活如何？」

「好像很享受呢！莉莉也變得開朗多了。」

莉莉升上小四就拒絕上學，這次全家之所以遷居山梨，主要也是為了她著想。

「是喔！太好了。」

「就是啊！對了，看一下這個，是在妳老家那邊吧？」

凌把電腦螢幕轉向，畫面上映著大大的字〈在自家車子遠距工作〉。

「這是剛才聽澄太說的，近來研發了適合遠距工作模式的車子，還在試營運中。」

使用的是電動車，並設有提供WiFi、充電用的專屬停車場，還能開去附近的溫泉區放鬆，在旅館享用美食，是近來興起的一種新工作模式

「workcation（工作度假）」。目前在世羅的家鄉先行試營運，正在招募參加者的樣子。

「開著車子哪裡都能去，比移居的門檻低呢！要是工作一直採線上會議，總覺得不必非得住在東京。」

招募活動到這個月的月底截止。

「你想參加嗎？」

「沒有。雖然現在不可能，但將來未嘗不是一種選項。」

離家在車上生活，偶爾回來，是這意思嗎？問題是，沒有駕照的凌，要如何在車上生活？

世羅聽著毫無現實感的夢話，換穿居家服。

「況且是在妳的家鄉，不但可以隨時回老家，還能馬上和老朋友們見面。」凌又補充道：「妳不是說偶爾也想自己開車？這樣不是很好嗎？」

「欸？你覺得我會和你一起這麼做嗎？」

「當然，我怎麼可能一個人去啊！」

凌的無邪笑容讓人惱火。

「可是我的工作沒辦法線上操作，況且老家那邊也沒有分店。」

「哪裡都找得到和補習班有關的工作吧？況且世羅能力這麼強，找其他工作一定也會馬上錄取。」

這個人是怎麼看我的？到底在說什麼呀？

「莉莉好可愛喔！」凌瞇起眼，繼續說：「橙太說，他在東京上班那時忙著工作，沒時間幫忙照顧小孩，覺得很遺憾。可是現在，他比祐里更常陪莉莉呢！看他很開心的樣子。換作是我，當然會請育嬰假，但要是我們改變生活方式，我就能全力支援，這樣妳也比較安心，是吧？祐里也說，要生就要趁年輕，才有體力照顧孩子。」

孩子？育嬰？我這工作才剛到任不久，根本沒餘裕想這些。八成是被熟識朋友的新生活給刺激，竟然都沒顧慮到我的想法，還大言不慚地說些無腦話。

是因為被背叛似的衝擊，還是氣憤難平？無論是哪一個都讓世羅無法止住淚水，而忘情盯著電腦螢幕的凌卻絲毫未覺。

「我去一趟補習班拿忘記帶回來的資料。」

「現在？」

「你自己隨便張羅一下晚餐，我會在外面吃。」

世羅撂下這番話，便拿起插在傘桶的傘，步出家門。

不知不覺間，雨停了。

世羅漫無目的走在濕漉漉的路上，想像著沒有說出口的對話。

「夫妻別姓一事遙遙無期，孩子出生後，我們還是登記結婚吧！」

凌恐怕會這麼說吧？

「世羅很珍惜『多加良』這姓氏，我改姓『多加良』也行，反正我哥會繼承『重田』這姓氏，所以沒關係。」

當然想守護「多加良」這姓氏，但不單是因為這樣。

世羅腦子一片混亂，不曉得要從哪裡著手解決，也有點不知道自己到底在堅持什麼？

「就算雨停了，還是有『雨天的三明治』嗎？」

雙腳自然走向前幾天造訪的「森林」。

搭上電車，在離那間店最近的車站下車。記得是在第一條巷子拐進去的盡頭。世羅一邊回憶下大雨那天的情形，一邊不停往前走。難不成真的是一場夢嗎？她內心揣揣不安。

當來到巷口，確實立著一塊看板。今晚沒有掛上遮雨用塑膠套，小燈照亮的手寫菜單上，和那時一樣釘著圖釘。

〈雨天的三明治〉

但，這次多加了兩個字。

〈有心是雨天的三明治〉

咦？世羅出聲唸完這排字，隨即走進巷子。

✤

世羅來到庭院，瞥見上次看到的戶外用餐區附近，有個大螺旋槳像電風扇似地轉著，是風車。無奈這東西似乎不太牢靠的轉轉停停，看來應該是無法發電。

「開始啟用風車呢！」

開門走進店裡，瞧見老闆瞅著擺在廚房吧檯上的好幾個保鮮罐，今天也是沒有其他客人。

「是啊！可惜今天好像沒風。」

老闆放棄似地咕噥道。

「呃，今天……」

世羅欲言又止，老闆馬上察覺。

「心是雨天的三明治，是吧？」

還在準備中嗎？只見老闆逐一打開並排在桌上的保鮮罐蓋子。

「總覺得一直好鬱悶……」望著老闆在麵包上抹奶油的世羅，吶吶地說道：「剛好寫著『心是雨天』，根本是為我擬的菜單嘛！一直下雨讓人變得憂鬱。對了，是什麼樣的三明治呢？」

「餡料是醋漬青魚和醃菜。」

「保存食品嗎？」

「是的。不是天氣不好，是你穿錯衣服。」

「欸？什麼意思？」

世羅錯愕地反問。

「這是多雨國家的諺語，意思是『抱怨總是下雨也沒什麼用，只能自己換件衣服了』。」

老闆重複剛才說的話。

「是喔！」

讓人似懂非懂的說明。

就在兩人閒聊時，世羅面前擱著和上次一樣的白盤。這次是單手就能抓起的標準厚度、切成三等分的三明治。

「心是雨天的三明治，請慢用。」

「我要開動了。」

第一片是淺咖啡色麵包夾著魚醬汁，應該是醋漬青魚。咬一口，味道濃郁的青魚醬汁，美味瞬間在口中擴散。是用芥末調味嗎？辛辣味突顯溫潤口感，還嚐到像蜂蜜的甜味，腥味盡除。用的應該是黑麥麵包，增添一點純樸滋味。

接著拿起第二片，這次是白麵包，餡料是好幾種醃菜。對於世羅來說，醃菜好比西式料理用來添綴的醃黃瓜，沒有喜歡到一掃而光的程度，倒也不討厭。但這片三明治卻讓人一口接一口，不是那種刺鼻酸味，而是用香草提味的清爽口感。

最後一片則是塗上了香甜的果醬，充滿草莓果粒的果醬，應該是老闆自製的。

「每一種都很美味，酸味恰到好處，很適合這季節呢！」

確實讓陰鬱心情稍稍開朗了些，也是這道料理名稱的由來吧？

「是喔！那就好。」

看著老闆一臉得意洋洋。

「為什麼這個……」

世羅忍不住想問。

「為什麼叫『心是雨天的三明治』，是吧？那就告訴您。」

老闆嗯哼似地咳了一聲，準備說明。

「在寒冷國度，冬天沒辦法耕作，所以要把夏天收穫的東西做成保存食品，這樣一年到頭都能享受到美食。要是沒有新鮮食材，換個烹調方式就行了。」老闆停頓了一下，繼續說道：「『心是雨天』的意思，是指心累至極時，改變想法就行了，也就是轉念。改變一下裝扮，就能讓無趣、令人憂鬱的雨天變得快樂、愉悅。」

「啊！就是剛才那句諺語……」

「是的。並不是天氣不好，而是你穿錯了衣服。因此，要是沒有新鮮食材的話……」

「那就吃醃菜，也就能做出如此美味的三明治。」

世羅拍了一下手，接著說。

心中多少明白些的她，把剩下的三明治塞進嘴裡。想起比子也是因為有了可愛的雨具，才喜歡在雨天出門。

「好比這個蠟燭。」

老闆指著前幾天造訪時，也是裝在瓶子裡燃燒的蠟燭。

「好美喔！讓人看著心情好沉靜。」

「高緯度國家也有陽光完全不露臉的時候。」

「永夜，是吧？」

「所以用燭火代替溫暖陽光，守護寒冷、昏暗時期的自己。」

燭火的亮度大概和夕陽差不多。

「而且妳看這燭火……」

世羅傾聽老闆的徐緩嗓音，凝視著搖曳燭火。

「聽說，燭火不規律的跳動稱為1／f波動，具有療癒效果，還能讓心情沉穩呢！」

不要因為昏暗而悲觀，在能夠撫慰人心的燭火中，靜靜地度過時光，這也是一種轉念。

定睛看著晃動的燭光，就像裹著毯子般舒服。世羅想起比子的母親，望向孩子的眼神，就是給人這般印象。

「對了，妳覺得『幸福』的相反詞，是什麼？」

突然被這麼問的世羅，抬起正在凝望燭火的雙眸。

「不就是『不幸』嗎？在幸福的幸字上面，加了個否定的『不』字。」

世羅說著，用手指在空中寫字。

「這麼說也沒錯，但要是再衍伸一下，不就還有其他意思嗎？比方說，感受到自我有所成長時……」

老闆拄著下巴思索著說道。

「幸福。」

好似在玩聯想遊戲。

「那麼相反的，覺得自己沒用、失去自信時的狀態？」

「那就是不幸。」

「就某種意思來說，是這樣沒錯。但若是想成未來有所成長，或是發現新契機，就不能說是不幸，不是嗎？也可以說是壓力。」

雖說是壓力，原因卻有百百種；有人因為忙碌而倍感壓力，也有人並非如此。世羅是那種就算再忙也不覺得有壓力的人，反而閒下來才難熬。

「那麼，壓力的相反詞，是什麼呢？」

「……放鬆之類嗎？」

心中還沒有答案的世羅，試著思考片刻。

「嗯，這答案不錯。」

得到老闆肯定的世羅很開心。

「遇上麻煩事時，是要抱頭苦惱，還是一笑置之？既然走哪條路都一樣，那麼選後者肯定比較好吧！」

這麼說的老闆，順拉了一下捲捲的頭髮。

「不過，這般差異究竟從何而來呢？」

這次換世羅提問。

「就是剛才妳所說的，放鬆。想要讓心有餘裕的話，端看自己是否有這般能耐。」

壓力，就是遇上不合理的事，或是別人無法理解自己的想法。那麼，為何有壓力呢？只要找到答案，或許就能放鬆。

「哎呀！又下雨了。」

老闆看向窗外。

「看來是不會停了。那風車不就……」

世羅走向窗邊，突然驚呼一聲。

「倒也不見得呢！」

風車借助雨的力量，轉啊轉的，雨打在扇葉上，一粒粒像在跳舞。耳邊傳來扇葉咻咻的運轉聲，在一片靜寂中，風車像是在演奏音樂。

「側耳傾聽。」老闆低聲囁語。「雖然無法發電，卻能奏出自然的

ＢＧＭ，這樣不也很好嗎？」

聽老闆說，有人會用水車從事音樂活動，由此可見，活用能量的方法絕對不止一種。

世羅聽著從遠處傳來的雨聲樂音，在心中哼唱。下雨了，雨好大……。

腦中浮現齋藤太太的美麗側臉。

當然不可能了解當事人的心情，但不得不和那麼輕蔑自己的傢伙在一起的人生，真的很空虛。

平等的相反詞是差別，安心的相反詞是不安，束縛的相反詞是自由。

沒錯，世羅想活得自由，希望從事自己喜歡的工作，過著愉快生活，因此不想輕易放棄為了鞏固這一切的獨立自主。這是想繼續工作的意義，也是之所以沒有登記結婚的理由。

「多謝款待。」

世羅說著起身，正疑惑怎麼沒瞧見老闆時，只見手心放了個東西的老闆也站了起來。

「這個給妳。」

小企鵝造型的公仔。

「咦？企鵝？」

「不分黑白。」

一身黑色羽毛的企鵝，驕傲地挺起白色胸膛，站在老闆的掌心上。

「額外送的，請收下。」

話雖如此，但帶回去也沒地方擺，世羅還是客氣地婉拒。

沒必要分黑白，不是嗎？不是遷居，而是擁有兩、三處生活地方；就算分居，不時在哪裡碰頭的生活也不賴。要想維持平等關係，就不能以「我」，而是要以「我們」的視角來看待事情。世羅在心中不斷反芻。

倍。魚醬汁搭配醃菜、果醬，像這樣花費時間做出來的保存食品，美味加倍。而且在逐漸熟成的過程，倒是有點近似家族關係。

凌與世羅也許將來會有孩子，若把每個人的獨特性做成一份三明治，有時是個人，有時是團隊，時時保持平等又對等的關係。

「渾身濕透的小男孩——哎呀呀——」

雨聲中似乎傳來母親的歌聲。

念繪本的方式與旋律不限一種，想法也不只一樣。與其喟嘆自己遭遇不講理的事、不被別人理解，不如從中找到適合自己的烹調方式。

「對喔！公企鵝也會育兒呢！」

很難想像凌辛勤照顧孩子的模樣。

月光從雲縫流洩，看來放晴了，梅雨季就快結束。

明早還要上班，也得趕快完成暑期課程規劃。快點回家，好好休息吧！世羅心想，快步返家。

✤

濡濕的風車像要曬乾扇葉般徐徐轉動。

梭羅里用烤麵包機烤黑麥麵包，打開一罐特製草莓果醬的保鮮罐，在厚度和六片裝吐司不相上下的麵包塗上滿滿果醬。

看似有些塗太多，梭羅里卻覺得好滿足。

「真不錯！」

只見他摘下尺寸過大的口罩，緩緩咬了一口，嘴角沾著溢出的果醬。

這是發生在夏天即將到來的夜晚之事。

第三話

慰勞自己的烤棉花糖

「好舒服喔！微風輕拂，搔著臉頰，鳥兒們也開心高歌，不是嗎？啊啊——，多麼美好！」

挺胸做了個深呼吸，燦爛陽光毫不留情地灑在抬起的臉上。

「無謂抵抗，就是這麼回事吧！」

汗水沿著低垂的額頭淌落，濡濕了被風輕搔的臉龐。

每天一開口就是個「熱」字，想說偶爾換說別的字，或許能轉換一下心情，無奈沒辦法緩和沐浴在熱波中的身體狀態，氣喘吁吁到只覺得連空氣都變得沉重。

一般認定最高溫超過三十度就是酷暑盛夏，近來這情形早已見怪不怪，不是盛夏的日子反而稀奇，感覺這幾年一直如此。

「從什麼時候開始，變得這麼像熱帶國家呀？」

完全忘了夏天曾有的舒適感。

像這樣氣溫逐年攀升的情形，也不是只發生在這國家。豪雨、接連不斷的颱風、缺水等災害，導致氣候變遷的原因之一，就是全球暖化。

感受到大自然對於現代人生活帶來的影響予以反撲，每個人都必須重新審視生活，想想自己能為地球做些什麼，邁出第一步很重要。可惜沒時間慢慢想了，北極的海冰持續融化中。

藉由生活在這片林子裡的各種嘗試，是否能夠找到什麼解救的方法呢？我也沒多餘時間可浪費了。

因暑氣而昏沉的腦子裡浮現各種想法，旋即又消失。

任憑汗水滴落，邁步走向〈喫茶渡渡鳥〉時，瞧見一名女子蹲坐在巷口，碰巧是開店時擺放看板的位置。由於尚在準備中還沒拿出來，空蕩蕩的地方，只有從草地冒出來的酢醬草與天胡荽充滿活力地生長著，搞不好它們熱得像汆燙青菜。

矗立一旁的榆樹只有一小片綠蔭，唯獨那處柏油路面呈深灰色。只見女子抱膝蜷縮在這直徑不到一公尺的陰涼處。

是在等開店嗎？我起初是這麼想，因為有時也有這種客人光顧傍晚才開店的〈喫茶渡渡鳥〉，然則當我一湊近，她依舊低著頭。

「請問……」

我戰戰兢兢地探問。

女子嚇到似地抬起頭，明明如此炎熱，她卻面色蒼白，眼神渙散。

「妳還好嗎？」

擔心不已的我，試著靠近。

女子慌忙起身後又跌坐地上，身體似乎不聽使喚。

「不好意思，我有點頭暈。沒事，常常這樣，坐一會兒就好了。」

幸好口氣還算沉穩，或許是開口說話的關係，得以調整呼吸，臉上逐漸回復了一些血色。

「這條巷子裡有一間咖啡廳，要不要去那裡休息一下？」

樹林圍繞的〈喫茶渡渡鳥〉有如一座小森林，通風十分良好，相對涼爽些，至少比蹲在路旁樹蔭下舒服。

我留意著女子踉蹌的步伐，帶著她到店裡。

✤

緒川小夜子擔任店長的門市，就開在直通車站的購物商場。鎖定二十多歲到三十世代的族群為主要客層，是一間販售文具用品、餐具等日常用品的生活雜貨店。基本上是以市區為中心來展店，除了位於郊區的旗艦店之外，也進駐購物商場、車站共構大樓等。

小夜子負責的這間門市規模不大，卻是業績僅次於旗艦店的模範門市。雖然位於通勤客多的車站內生意不差，但租金也貴，就損益方面來考量，業績還是不夠好。

小夜子於一年前派任到這間門市，恰巧是因應疫情爆發、第一次頒布緊急事態宣言的時候。幸好販售民生用品的購物商場還是照常營業，當然也有門市自行決定臨時歇業，因為通勤客驟減，業績瞬間下滑。

「遇到這般情況也沒辦法，希望妳能思考一下今後該怎麼做，包括人員的工作分配等，期待提出因應對策。」

一直在總公司帶領室內裝飾部門的小夜子，被社長直接點名。

很少有像她這樣在公司待了超過三十年，已經五十好幾的資深員工駐守第一線。畢竟當過店長，加上大學畢業後曾在這間門市工作五年，所以非常適任這項職務。

就算上班型態改變，公司目前也沒有打算減薪、裁員。不過光是被委以改革重任，就讓她倍感壓力。

即便如此，小夜子還是認為這次的挑戰是個好機會。

店長小夜子，副店長廣崎女士，加上工讀生橘小姐與保坂女士，四人輪班。

橘小姐是大三生，從小夜子當店長之前就在這間門市工作，原本只能週末上班，由於有些課改採線上教學，排班時間也變得較有彈性。保坂女士的孩子分別是三歲和五歲，小孩上托兒所的平日白天時段可排班。

一開始的作法，是每天彈性調整營業時間。原本的營業時間，是早上十點到晚上九點，但受到上班族彈性調整上班時間、遠距工作，餐飲店縮短營業時間等影響，比較晚的時段幾乎沒什麼客人上門。

不單是小夜子負責的門市，偌大的購物商場看不到半個客人，並不是什麼稀奇事。只好視情形調整營業時間，沒什麼客人光顧的日子，就提早打烊。有時會依情況而定，好比氣象預報明日天候不佳，也會考慮臨時歇業；畢竟沒客人光顧還上班，就是一種勞力浪費。

隨著每天的來客數銳減，照這情形看來，只需一名正職員工搭配一位兼職人員便能應付。因此小夜子與副店長廣崎女士輪休，再調整兩位兼職人員的時間就行了。

小夜子覺得自己的判斷，頗能因應當前情況。

任職總公司時，為了統計各門市的當日業績，總是常常搞到趕末班車回家，而現在卻三不五時就能於傍晚時分下班。

這時間就能回家，實在太讚了。小夜子思忖著。一到家她就先淋浴，換穿T恤，一邊用毛巾擦乾濕漉漉的頭髮，一邊打開冰箱取出一罐近來很喜歡喝的無酒精罐裝啤酒，仰頭喝了一大口，呼地深嘆一口氣。

離開老家上大學的她，不是沒機會結婚，只是錯過時機。一回神，發現到這年紀還單身，卻也早習慣沒人打擾、一個人住的愜意生活。

她拿著罐裝啤酒，走向客廳。

窗外夜幕漸垂，建築物的黑影隱隱約約地浮現在深藍色青空。

「好美……」

把手機的鏡頭對準窗子，用來取代窗簾吊在窗邊的亞麻布一隅，映著暗藍的天空。

小夜子打開自己的社群帳號，準備發文。經營了四、五年的社群帳號，大概一天更新一次，多是上傳自家陳設布置、料理之類的貼文，偶爾也會像今天這樣發些季節風景照。

起初只是為了打發時間，沒想到隨著跟蹤人數增加，連不認識的人也會按讚，不知不覺就成了每天的功課。

打開電視，播報的是本地新聞，正播映街上行人受訪的畫面。

「希望早點回到原本的生活。」

出門購物的母子這麼說。

「要是能像以前那樣，下班去喝一杯就好了。」

看起來是上班族的男子，祈望道。

「好想出國旅遊。」

下班返家的女性，感嘆道。

回到原本的生活、還是以前比較好……真是如此嗎？小夜並不完全認同這樣的想法。

或許這麼想不太妥當，但她不覺得一切回歸過往比較好。不是應該以此為契機，思考新的生活方式、生存之道嗎？而不是打回原形。總是把想回到原本的生活掛在嘴邊，這樣真的對嗎？無論何時都該向前看，不是嗎？

關掉電視，拿起擺在層架上的磨豆機，放入擱在冷凍庫保存的咖啡豆，緩緩地轉著復古風磨豆機的把手。

她瞅了一眼手機畫面，方才上傳的貼文已獲得近百個「讚」。

明明出勤天數沒那麼多，卻一到日落時分就鬧頭疼。

或許是因為連日盛夏，整棟大樓的空調設定溫度偏低的緣故，身體一時無法適應氣溫變化。

從步入五字頭開始，不但無法適應突如其來的溫度變化，天氣一變就容易渾身不舒服。不知道在哪裡讀過，這種症狀好像叫做「氣象病」，有此症狀的以女性居多。

站在收銀區的小夜子，按著抽痛不停的太陽穴，俯身蹲下，伸手探向放在腳邊的灰藍色肩背包，掏出一個尼龍製化妝包。從藥盒取出頭痛藥，打開可塞進口袋的水壺，含了一口水吞藥。

幸好店裡沒客人，走在購物商場主要通道的人，也是三三兩兩。

小夜子把化妝包和水壺塞回包包，用手機確認時間，離昨天決定的打烊時間還剩八分鐘。

將手機收進包包，用力吐氣後站了起來。

「準備打烊喔！」

小夜子朝著正在店頭整理商品的工讀生橘小姐，喊道。

「是！」

橘小姐輕搖綴著荷葉邊的連身洋裝裙襬，奔向收銀區。

幸好吞了頭痛藥，頭疼欲裂的感覺在返家時緩解不少。不過，身體還是有股難以言喻的沉重感，明明猛冒汗卻覺得冷颼颼。一打開家門，整個人快倒下去似地進屋，跟蹌地放下包包，裡頭的東西掉出來散了一地。

坐在地板上，望著映在玄關旁鏡子裡的身影，外表也許看起來比實際年齡年輕。

「看來還是得去一趟了……」

小夜子把頭髮撩至耳後，太陽穴一帶冒出白髮，頭頂有染髮的部分和沒染的部分形成明顯交界。

倒不是因為從事服務業，不，正因為從事服務業，才需要盡量避免和他人接觸。也得時常告誡自己，身為店員不能感染，以免造成客人困擾。

這一年來，沒有返鄉省親，沒有旅行，也沒有聚餐和外食。但上美容院怎麼樣都無法避免近距離接觸，只好盡量別待太久，找一間可以簡單染一下頭髮的店。

果然忍耐也是有限度的，除了染髮之外，也很在意髮尾受損一事。

小夜子從散亂的隨身物品中拿起手機，點開光顧了將近二十年的美容院網站，這是一間連媒體也屢屢報導的名店。

別具設計感的首頁畫面，是一張夢幻夜景的照片。聽設計師說，定期更新的照片，是出自喜歡攝影的同事之手。照片下方有個標題〔防疫注意事項〕，小夜子相信店家肯定會做好防疫措施，便點開了連結。

希望身體狀況欠佳的客人能夠取消預約，也希望客人進店時務必消毒雙手等，先是列出一些基本的注意事項。接著說明剪髮的時候，可能會要求客人摘下口罩，或是設計師為了打造讓客人滿意的髮型，可能工作時會暫時不戴口罩。

怎麼這樣啊！小夜子頗為不滿。講了一堆防疫措施，排除不安要素後，還是以打造美麗髮型為優先考量嗎？

注意事項的最後，甚至出現一排字。

〔正因為是非常時期，一起享受美麗時尚吧！〕

正因為是非常時期……正因為是非常時期。如此輕佻、不負責任的話，一點也打動不了人心。

小夜子關掉畫面，再次看向鏡子。只要頭髮分線換邊，梳整一下，還能撐個幾週吧？她把散落一地的隨身物品塞回包包後，緩緩起身，只是體內一直有股灼熱感，頻冒的冷汗沿著腋下滴落。

明天再稍微休息一下吧！這麼想之後，便覺得輕鬆許多。

——打擾了，不好意思！

晚起的小夜子曬完衣物，正準備午餐時，收到副店長廣崎女士傳來的訊息。此時，為了煮義大利麵而準備的一鍋水正沸騰著。

——工讀生橘小姐突然請病假。

——今天只有我一個人還能應付得過去，可是從明天開始的班表，該怎麼辦？

又傳來一則訊息。

人力短缺的情況下，就是會遇到這種事。橘小姐應該是今天十二點到下午五點的班。小夜子心想，瞧了一眼時鐘，就快十二點半了。

——我等一下過去，在這之前就麻煩妳了。

回覆完後，關掉爐火，把煮沸的熱水倒入水槽，再將午餐挪後，便準備出門。

一到門市，瞧見廣崎女士正在送客，並傳來宏亮聲音。

「謝謝光臨！」

小夜子也向步出店外的客人點頭致謝，直到看不見客人的背影才轉向廣崎女士。

「辛苦了。」

「緒川店長，不好意思，打擾您休假。」

「沒事、沒事，反正我今天也只會待在家。」

小夜子之所以除了上班之外，盡量避免外出當然是為了工作，卻也意外發現自己很適合窩在家裡，而且休假日不外出也比較靜心。

「橘小姐還好嗎？該不會染疫了吧？」

「這個嘛……」廣崎女士低聲回應：「好像是精神方面出問題。起初是說身體不太舒服，後來又說可能沒辦法來上班了。我仔細詢問了一下，她似乎從前陣子就開始看身心科。」

「欸？看不出來吔！」

聽聞不少人因新冠疫情而導致身心失調。總公司也曾舉辦幾次以此為題的研習課程，教導管理階層如何在這般情況下關懷部屬、與部屬溝通等，但小夜子總覺得事不關己。

「很多課程都改成線上教學，沒辦法和朋友見面，也很擔心求職活動的樣子。」

近來連求職活動都採線上方式進行，想說不必舟車勞頓，應該可以讓人輕鬆許多。果然，心底積存著表面上看不到的東西。

「那就好好休息，不必急著回來上班。」

「是啊！」

「我會盡量輪班。不好意思，也要麻煩廣崎女士多幫忙了。」

「沒問題，這種時候就該互相幫忙，分工合作。」

廣崎女士給了可靠的回應。

小夜子打算趕緊重新排班，她將筆電搬到收銀區，打開班表。

另一位兼職人員保坂小姐可以輪白天班，那就分成早班和晚班，三人勉強應付得了吧？

「不愧是緒川啊！處理迅速又妥當。」

小夜子向總公司報告情況，收到這樣的回覆。

儘管因為兩班制關係，上班天數增加，好處是不必待上一整天。

其實也可以請總公司從其他門市調派人手支援，但其他門市的人力也很吃緊，都會盡量別這麼做。身為店長也不想讓底下的人太辛苦，畢竟體貼部屬的辛勞是管理階層的使命。

從那天開始，小夜子每天都得上班。

連著好幾天都是酷暑之日，那天也是一早就飆高溫。

相隔五十七年，再次於東京舉行的奧運，在無觀眾的情況下開幕了。

明明競技場就在這間門市附近，卻有如遙遠國度之事，街上靜悄悄的，畢竟頒布好幾次緊急事態宣言，當然很擔心客人不上門。

門市傍晚就打烊了，外頭仍舊豔陽高照。

好熱，只想趕快回家。腦子昏沉的小夜子趕著回家，突然覺得眼前出現閃光，視野變得愈來愈窄，趕緊避開大馬路。

頓覺頭暈目眩，是最近偶爾會出現這症狀。

十分明白到了一定年紀就會有更年期症狀，也曉得隨著年歲漸增體力有限，但怎麼會讓自己工作得如此辛勞呢？小夜子摀著窒悶胸口，思忖著。都活到五字頭了，還和二、三十歲年輕時一樣辛勤工作，難怪身體會發出警告。

小夜子瞧見有處樹蔭，想說坐下來休息片刻。

「請問……」

她聞聲回神，一抬頭，發現有個身形修長的男人，一臉疑惑地盯著她。她想站起來，卻無力的跌坐地上。

「這條巷子裡有一間咖啡廳，要不要去那裡休息一下？」

喉嚨好乾，帶著的水壺已經空了，要是能喝點冰水會舒服多。小夜子望著一頭捲髮的男子背影，踩著蹣跚步伐跟在他身後。

✤

前方有個小庭院，還蓋了一間像是山中小屋的店鋪，應該是咖啡廳老闆把庭院裡的椅子挪至枝繁葉茂處。

「嗯，這裡比較通風。」

喃喃自語的他，朝著小夜子招手。

樹林響起沙沙聲。

「謝謝，我稍微休息一下就行了。會不會影響您開店？」

「這裡傍晚才開始營業，不要緊的。」

男子回應後，又急忙走進小屋。

坐在椅子上的小夜子反覆深呼吸，心悸症狀舒緩許多。她怔怔地望向咖啡廳，瞧見男子開門走出來，遞出手上的玻璃杯。

「這是今晚菜單的試作品，請您試喝，應該很好入口。」

「真的可以嗎？」

浮著冰塊的玻璃杯裡，盛著比牛奶顏色還深的乳白色飲料。

「慰勞自己的甜品。」

「咦？」

「菜單名稱。」

不可思議的菜單名。慰勞？小夜子半信半疑地喝了一口。

「好喝。」

混濁的液體順暢地通過喉嚨，溫潤甜味沁染體內各處。

帶點甜甜奶味，殘留舌頭上的顆粒感是什麼東西？

「豆漿甜酒。」

「甜酒？」

「是的，用麴做的甜酒，再加入冰豆漿調製。」

「甜酒是冬天喝的東西，沒想到冰冰的也很好喝呢！」

「好或不好……美味有正確答案嗎？」

藉由夏日暑氣發酵，用於祭典等場合的甜酒，意外的也能譜出夏季之詩。咕嘟咕嘟地喝下肚，腦子竟然暢快無比。

「總覺得有精神多了。記得有人說過，甜酒是用喝的點滴呢！感覺好像真的能夠慰勞自己。」

小夜子笑著這麼說。

「自己不慰勞自己，有誰會慰勞呢？」

男子彷彿在看什麼奇珍異獸似地說。

的確沒有好好撫慰一直很努力的自己，只會一味逼迫，總覺得十分虧欠自己。

✤

小夜子返家後，立刻換穿居家服。為了調節氣息，她拿起平板，點開常看的影片，也就是自己常做的正念、冥想。

「慢慢地調整呼吸，想像雙腳緊貼地面，頭頂朝天花板往上拉，平靜地面對自己，感謝自己。」

慰勞自己，感謝自己……。小夜子不斷這麼告訴自己，並委身於從平板傳出來、長度約五分鐘的聲音後，靜靜地睜開眼。

廚房裡並排著自己喜歡的餐具，不少是國外的古董品。客廳的英國品牌層架上，擺飾在畫廊發現的雕刻家作品；置於窗邊的木頭椅子上，放了一個插著花草的瓶子；用祖母留下來的腳踏式縫紉機代替餐桌。

這處空間能讓小夜子澈底放鬆，很安心，甚至覺得一直窩在家裡也沒關係。因為外出真的很麻煩，很想逃離忙碌的日子，無奈小夜子的工作不允許自己如此。

「好可愛的麥桿帽喔！那是我們家的商品嗎？」

十點上班的兼職人員保坂女士走進賣場，詢問正在清點飾品庫存量的小夜子。

「早啊！這個嗎？」

小夜子扶著戴在頭上的麥桿帽。

「擺在店頭呢！」

麥桿帽是每年到了這季節就會推出的人氣商品，今年也有新作，門市當然要努力促銷。

「想說店員戴著比較看得出商品特色。」

雖然鎖定的客層是比小夜子年輕許多的族群，但這款麥桿帽適合的年齡層卻相當廣，這也是它熱銷的原因之一。不過，她今天是為了遮掩頂上白髮而戴。

「看小夜子小姐戴這頂帽子，就好想要喔！」

身穿民族風亞麻上衣搭配緊身褲的保坂女士，拿著賣場展售的帽子，站在鏡子前。

「很搭呢！妳看，像這樣戴深一點就有酷帥感。」

這麼說的小夜子，站在試戴的保坂小姐身後，幫她拉低帽檐。

「我買了不少小夜子小姐在社群平台介紹的東西呢！」

「咦？妳有追蹤我的帳號？」

小夜子是用私人帳號發文，雖說有幾位同事知道，她從來不會主動告訴別人。畢竟介紹的東西不限自家商品，也沒打算業配，只是推薦自己真心喜歡的東西，所以聽到別人說自己的貼文有參考價值就很開心。

即使正值盛夏，還是得開始構思夏季促銷活動。近來無論哪家店的折扣戰，都會提前開打，藉以拉長促銷期間，盡量增加商品被選購的機會。

就在小夜子檢視庫存與訂貨清單時，剛趁午休時間出去走走的保坂女士，一臉慌張地奔回來。

「忘了帶什麼東西嗎？」

「不是的。剛剛托兒所來電，說我兒子好像發燒了。症狀不是很嚴重，但園方希望他暫時在家休養。」

「真糟糕，那妳快去接他。」

「請問，這雙涼鞋有L的嗎？」

就在她們悄聲對話時，正在店內逛的客人開口詢問。

「請您稍等一下，馬上確認庫存。」

出聲回應的小夜子，向保坂小姐使了個眼色。

「我先看看他的情形，再和妳聯絡，不好意思吔！」

小夜子目送快步離開的保坂女士，隨即走向後場。

傍晚時分，收到保坂女士傳來的訊息。

——我目前沒有任何症狀，不過怕染疫，決定先執行居家隔離，因此暫時無法上班，還請見諒。

就算沒症狀也可能傳染給別人，是這傳染病最棘手的地方。決定自主健康管理，是正確的判斷。

——不用擔心工作方面的事，還請保重。

正在回訊的小夜子在內心盤算：保坂小姐起碼會請假兩週吧？這段期間，只能靠小夜子和廣崎女士撐一下。

眼底深處隱隱作痛，伸手探進包包拿頭痛藥。

眼看沒什麼客人，想說差不多可以打烊的小夜子，瞅了一眼班表。

「辛苦了。」

一道熟悉的嗓音向她打招呼，卻沒印象在哪裡見過對方。

「妳看。」

只見女子露出曖昧笑容，伸手覆住額頭，像在量測自己是否發燒。

「啊！是甜點店的。」

女子在同樓層一間專賣製作甜點材料與道具的店工作，她總是包著頭巾，穿著圍裙，一時之間讓小夜子認不出來。

畢竟在同樓層工作，打過好幾次照面，沒想到有沒有覆住額頭，感覺差那麼多；加上口罩遮住了大半張臉，沒認出來也是理所當然。

女子包頭巾時感覺比較成熟，現在這麼一瞧，果然年輕多了，起碼比小夜子小上一輪。

「朋友當媽媽了，打算送個禮物祝賀，所以想來這裡看看，有什麼適合的東西。」

「謝謝光臨。」

「有什麼推薦的嗎？」

「您的預算是？」

「不用太貴，大概二、三千吧！」

以不要造成對方負擔的東西為佳。

「那麼，像是毛巾之類的，如何？多買幾條也不會造成對方困擾，而且也有嬰兒專用的，對方收到應該很開心。」

「我常看sayo小姐的貼文喔！」

當領著對方逛賣場時，女子突然湊近，聲音拉高一階說道。

「是喔！」小夜子沒想到她也有追蹤。

「保坂女士常去我們店裡買東西，是她告訴我的。」

社群平台的世界說廣闊卻也很窄。

「妳的品味真的很好吔！追蹤人數也很多，不是嗎？怎麼不多宣傳自家的商品呢？」

女子馬上決定購買毛巾，同時好奇地詢問正在包裝的小夜子。

「這個嘛，畢竟是用私人帳號發文……」

小夜子含糊地回應。

「其實，我們正在找人幫忙試用附烤箱功能的新型微波爐。」

「試用？」

「就是試用後，如果喜歡就寫些感想分享在社群平台上。當然，要是不喜歡也不勉強。總之，就是在找人試用新品。照實寫也沒關係喔！妳覺得如何？」

緊迫盯人的視線，讓小夜子倍感壓力。

「咦？我嗎？」

「是啊！我向店長提起sayo小姐的事，她說務必來探問看看，我就直接來找妳了。」

莫非買禮物是藉口？有機棉的柔適觸感不會傷害嬰兒的嬌嫩肌膚，大地色系看起來很舒服，每次使用都像裹著母親的心。這麼想的小夜子，越發覺得這款毛巾還真討人喜歡。

「招募到這個月月底，有興趣的話，還請務必試試。」

女子粗魯地接過包裝好的禮物，順手遞出一張大大印著商品圖片的傳單。好像在哪個網站見過這個以有效節省時間，能做出專業級口味而頗受好評的鮮紅色家電。

就算只是藉口也無所謂，收到禮物的人一定會很開心，所以放心會面吧！小夜子在心裡對著淡粉紅包裝紙上貼著象牙白蝴蝶結貼紙的禮物，一邊喊話，一邊向今天沒包頭巾的女子行禮道謝。

這個車站平日通勤時人潮熙來攘往，一到週末假日只剩不到平日一半的人潮，有些店家週末便不營業。

小夜子和廣崎女士輪休週末假日，平日就兩個人輪班。

「保坂女士明天就回來上班了。」

幸好她兒子只是小感冒，為了保險起見，居家隔離兩週到今天為止。

「我們兩個總算撐過去，廣崎女士辛苦了。」

「緒川店長也辛苦了。對了，請公司增派人手一事，如何了？」

「我想說保坂女士要回來上班，就不必增派人手。怎麼了嗎？還是覺得忙不過來，是嗎？」

「那個……」廣崎女士欲言又止。「我想從秋天開始請假。」

該不會是過於勞累，身體出狀況？

「真是太過勉強妳了，不好意思！」

小夜子合掌致歉。不能因為對方很可靠就過度依賴，失了分寸。

就在小夜子覺得歉疚時——

「不是的，不是因為工作的關係……其實已經六個月了。」

廣崎女士摸著肚子。

「懷孕？哇！恭喜。」

記得廣崎女士今年三十八歲，她是在二十幾歲時結婚的，還以為不想要生孩子。

「我其實一直都在接受不孕症治療。」

「真是的，還讓妳值那麼多天班。身體狀況還好嗎？」

「完全沒問題。醫生也說動一動比較好，才想說工作到沒辦法負荷為止。由於聽說考慮增派人手，覺得還是早點讓緒川店長知道比較好。」

小夜子考量到保坂女士即將回歸工作崗位，人力應該暫時足夠，也就沒向總公司申請支援。

「店裡的事就不用擔心了。畢竟妳是高齡產婦，請一切要以自己的身體狀況為優先考量。」

「謝謝。」

工作態度一向嚴謹的廣崎小姐，露出溫柔笑容，輕輕頷首。

準備下班回家的小夜子，一開啟手機，便立刻收到來自大學好友群組的訊息。

瑞惠於兩小時之前第一個傳送訊息，而且已經有一串回覆。

嬰兒？瑞惠傳送的第一則訊息，是一張新生兒裹著毯子的照片。瑞惠有個剛成為職場新鮮人的女兒，以及即將參加成人禮且正在就讀大學的兒子。

不會吧？竟然又生了一個。不過冷靜想想，這種事怎麼可能。儘管不孕症治療技術日新月異，但這年紀懷孕生子，肯定會上新聞。

群組持續對話中。

——我家長孫啦！

——恭喜妳當外婆了！

不斷收到群組好友的回訊。

原來照片裡的嬰兒，是瑞惠女兒的孩子。

無論是白髮頻冒、進入更年期，都是這年紀會遇到的事，轉眼間，我們已到了含飴弄孫的年紀。

——真的好可愛喔！不覺得挺像瑞惠嗎？

小夜子回訊。

感情要好的同學們，婚後不久都辭掉工作。也有人待孩子都大了，又重返職場，大多是兼職人員。沒人像小夜子這樣一直單身，努力打拼。

有幾個人看到小夜子的訊息，紛紛回應。

——我有看小夜子的貼文呢！

——這年紀還能帥氣工作，真是了不起！

——我女兒前陣子去小夜子負責的門市買東西。

真的很厲害嗎？真的很帥嗎？明明只是找不到辭職的理由，擔心要是沒工作就無法生活，擔心要是不全力奔馳，一切就劃下句點。小夜子的太陽穴一帶又開始抽痛，想調節呼吸，卻無法深深吸氣。

近來稍微吃多一點就鬧肚子疼，更年期的典型症狀接連出現。

像是被追趕的日子，還會一直持續下去嗎？腦子深處浮現說給自己聽的話語。就算步入五字頭，只要一直和二、三十歲年輕時一樣，辛勤工作就行了……

把手機塞進包包時，瞧見躺在包包裡的那張鮮紅家電圖片瞅著自己。考慮到將來，也許該另覓出路。儘管很難想像靠社群平台賺錢，要是能在家工作的話，未嘗不是一種選項。小夜子這麼說服自己，接著拿起放在櫃臺上的筆，在傳單上的商品送貨地點一欄填寫自家地址。

想說呼吸外頭的空氣會舒服些，無奈返抵家門時還是頭疼欲裂。

站在門前的小夜子伸手探進包包掏鑰匙，鑰匙卻被錢包的扣環鉤住，一時半刻掏不出來。用力一扯，連同化妝包一起掉落走廊地上，隨身物品從半開的化妝包飛出來，散落一地。

小夜子見狀，只是怔怔地站著。

不是的，並不是因為頭痛的關係，她的淚水不聽使喚地湧現。

這才不是二十、三十世代的工作方式。要是覺得身心疲憊就休息，要是家人生病就提早下班，適齡期懷孕生產、請產假和育兒假，這才是現今年輕世代的工作方式，沒人會過著忙到把自己的身體逼至極限的生活。只有自己一直在奔跑，忘了許多想做、該做的事，不是嗎？

開門進屋，室內靜悄悄的。裝飾在客廳的花已枯萎；幾天前吃早餐時用的乾淨木盤，倒放在流理台；因為太忙了，連房間都沒空整理。

小夜子嘆了一口大到連自己都很傻眼的悶氣，抓起擺在椅子上的花瓶，把枯掉的花扔入垃圾袋，瓶子裡的髒水倒入水槽，再把瓶子丟進不可燃物專用垃圾桶。

瓶子碰撞空罐，發出令人不悅的喀鐺聲。

✤

「請隨意坐。」

小夜子一落坐，穿著黑色圍裙的咖啡廳老闆，擺了個淺咖啡色東西在吧檯上。

邊長二十公分左右的珪藻土烤座上架著烤網，裡頭放些燒紅的木炭。與如此炎熱的季節還真不搭啊！

「這是炭火爐嗎？」

一臉疑惑的小夜子探問，老闆點頭回應。

整理房間，順便斷捨離，想說現在每天都很忙碌，東西盡量少一點也比較好整理。使用省時家電多少輕鬆些，甚至試著利用空檔時間，參加線上商務講座。

小夜子卻覺得空蕩蕩的房間索然無味，再也不是療癒心靈的小窩，待在家不再覺得舒心，下班後也不想馬上回家。

日落山頭，暑氣依舊逼人。小夜子飛也似地走進商店街的書店，空調好消暑。

她不經意地望向擺著成排商業類書籍的書櫃，《新型態工作方式》、《一半人力就能讓業績倍增》……盡是這類書名，迎面而來的壓力逼得小夜子反胃。

好痛苦！明明想逃走，手卻完全不聽使喚，即使翻著書頁，還是沒讀進腦子裡。

就在她打算把書放回架上的時候，忽然瞄到隔壁書架上的一本書——《慰勞自己》。

慰勞自己……總覺得好像在哪兒聽過。隨著體內竄起的一股熱意，喚醒那天的事——自己因中暑快暈倒時，那位咖啡廳老闆趨前關心，還端來一杯冰涼甜酒，而這書名就是那杯飲品的名稱。

記得那間店是在商店街旁的巷子裡，去道謝一趟吧！小夜子以此為由，快步離開書店。

巷口立著一塊看板〈一個人的專屬咖啡廳　喫茶渡渡鳥〉。

店名下方貼著一張手寫卡片〈有慰勞自己的甜品〉。

「真的是這名稱。」

每天晚上依舊悶熱，今晚感覺多少能舒適一點。

沿途的樹林靜靜地搖曳，小夜子輕輕握住淺藍色大門上的金色門把。

✤

「歡迎光臨，歡迎來到喫茶渡渡鳥。」

穿著黑色圍裙的老闆，向小夜子點頭致意。

「謝謝您那天的幫忙，我才能平安回家。」

「夏天終於快結束了。」像在自言自語的老闆，乍然想起什麼似地看著小夜子，說道：「今天『慰勞自己的甜品』不是甜酒喔！」

無論是什麼甜品都行。

「無所謂，我只是想慰勞一下自己。」

於是，老闆準備的就是這座炭火爐。

「要烤這個。」

老闆端上用竹籤串著一口大小的塊狀物，淡粉紅與白色搭配，讓人想起夏日祭典的喧鬧氛圍。

「棉花糖，是吧？」

烤過的棉花糖入口即化，是露營、烤肉時最受歡迎的甜點。

轉動著擱著炭火爐上的竹籤，不一會兒就染上焦黃色。

「這東西真的好療癒。」

果然是〈慰勞自己的甜品〉。小夜子吃了一口熱呼呼的棉花糖。

「妳覺得棉花糖是什麼做的？」

老闆像是老師出題考學生似地問道。

「記得是用吉利丁凝固蛋白做成的。」

小夜子想起以前門市也有賣棉花糖這商品。

「嗯，現在確實是這麼做成的。」

「原本不是嗎？」

正在烤第二串棉花糖的小夜子，好奇地反問。

「原本是從一種叫做藥蜀葵的植物根部，汲取出澱粉，再加入蜂蜜攪拌而成的。」

喉糖好像也是這麼做成的。

「藥蜀葵的屬名是Althaea，妳知道這個字的語源是什麼意思嗎？」

沒聽過這植物，更不可能知道語源什麼的。

「不曉得吔！」

「就是『治療』。」

趁熱嚼著烤棉花糖的小夜子，冷不防停手。

「治療？」

「是的，因為是藥草。」

老闆那藏在鏡片下的細長雙眼閃閃發亮，他張開雙手，那模樣有如科學家、博士。這麼說來，老闆的樣子挺適合穿白袍。

「所以……」

〈慰勞自己的甜品〉啊！小夜子憐愛地望著，躺在烤網上逐漸變成淺咖啡色、快融化的棉花糖。

「而且啊，」老闆說著，取出店裡庫存的一粒棉花糖，用右手的大拇指與食指挾著捏一下又鬆開，棉花糖有如橡皮筋般伸縮。「像這樣捏一下也不會崩壞。」

彷彿在進行實驗的老闆，瞅著有彈性的棉花糖，瞇起眼。

「人心也是如此吧！不會馬上就被壓扁。」

要是能擁有不因為些許變化就崩壞的柔軟度，也就不會輕易感到灰心喪志。

「一定要記得慰勞自己。自己不慰勞自己，誰會慰勞呢？」

上次說了同樣的話。

「我也這麼告訴自己，可是體貼後輩、同事，讓她們盡量無後顧之憂地工作是我的職責，不知不覺中，就忘了要對自己好一點。」

盡量回應員工們的期望，還得顧慮到總公司那邊的評價，並夾在中間設法周旋。

「真的是為她們著想嗎？難道不是因為妳自己想這麼做？」

老闆委婉地的反問，讓小夜子愣住。

體貼後輩的店長、不給公司添麻煩的資深員工，被稱讚當然很高興，但這麼做或許只是自我滿足罷了。

要是早點請求加派人手，廣崎小姐就能毫無顧慮地請產假；若能行事再從容些，或許大學生橘小姐就不需要請假休養。

「體貼別人這件事啊……」老闆憐愛地瞅著在指間反覆伸縮的棉花糖，平靜地說：「說得容易，做很難。」

他把手上的棉花糖擱在一旁的小碟子上。

小夜子想起那間知名美容院的網頁，不經意地反芻那排字。

〔正是因為這時候、正是因為這時候……〕

多麼朗朗上口又討人喜歡的話語，不負責任的散播著，結果自己就像這句話，只求表面功夫。

老闆望向吧檯對面的窗戶，外頭枝繁葉茂的樹林搖曳著。

「長得快的樹木很硬，不過花些時間、慢慢變化的樹，可是很強韌呢！慰勞自己，不就是這麼回事嗎？」

老闆點燃放在玻璃瓶裡的蠟燭，挪到小夜子面前。

溫柔的燭火，照亮了四周。

「慢慢改變。」

隨著自己的年紀，慢慢改變……。燭火輕晃。

「跑步時看不見的東西，搞不好放緩速度就看得到。」

老闆那低喃似的嗓音，徐徐沁染耳裡。一抬頭，瞧見他望著吧檯旁的書架，一旁的柱子上裝飾著渡渡鳥的插畫。

「松鴉這種鳥啊，」老闆脫口而出的不是渡渡鳥，而是別的鳥名。「為了貯存冬天要吃的糧食，會在樹幹及苔蘚縫隙等四處打造糧倉。這麼一來，就算其中一個糧倉被雪掩埋，或是被其他生物發現，也不怕沒有食物吃。」

他停頓了一下，從書架上取了一本書，好像是鳥類的攝影集。

「多打造幾處糧倉，像松鴉那樣有備無患。」

小夜子翻著老闆遞給她的攝影集。

多打造幾處糧倉……。這論點和培養自己多元化發展很像，別拘泥於扮演一種角色，設法讓自己擁有多種面相。

好比在社群平台發文，介紹自己喜歡的東西，就是促使自己持續向前的方法之一。

退還那個紅色家電吧！讓房間像以往一樣裝飾著各種生活雜貨。小夜子一邊吃著最後一塊棉花糖，一邊下定決心。

真的可以成為像棉花糖一樣強韌又柔軟的人嗎？這種事急不得，從容不迫、慢慢來就行了。

「謝謝款待。」

結帳完的小夜子，行禮道謝。

「要感謝的是自己。」老闆回道。

看來，這應該是〈慰勞自己的甜品〉的結語吧！

「還有，這是額外送妳的。」

老闆轉身，站在吧檯旁的書架前。本以為他要把鳥兒的攝影集放回原處，沒想到又抽出來。

「這本書怎麼了嗎？」

是要送這本攝影集嗎？

「不，不是這本。」老闆看起來頗傷神地低喃道：「怎麼辦才好呢……又不能把整座書架送她。」

小夜子看著一直嘀嘀咕咕的老闆，心想：這個人真是不可思議。

「總之我的意思是，從排得滿滿的書架中，抽出了一本書，就會出現一處空隙。」

「嗯。」

「給心留個空隙。」

「原來如此，我懂了。」小夜子曉悟般地敲了一下手心，說道：「不必送書，送心意就行了。」

「那麼，這個如何呢？」

老闆一臉無奈地噘嘴，拿了擺在攝影集旁邊的書。

「這是……」不明白老闆的意思。

「就是看向旁邊。本來選了攝影集，卻發現旁邊這本更有趣，也就是新發現。買東西時會遇到這種情形，不是嗎？」

小夜子想起方才的自己——原本打算吹冷氣而走進書店，在看商業類書籍時，發現另一本書更有意思，結果來到這間店；而這一切拜繞路和看向旁邊之賜。

謝謝森林裡的咖啡廳，也謝謝一直很努力的自己。小夜子在心裡低頭致謝。

或許是〈慰勞自己的甜品〉發揮功效，身體狀況感覺變好了。

想稍微繞點路再回家的小夜子，走著走著腦中不斷浮現靈感。

好比試著分成每個月的上旬與下旬，集中營業日，然後挑選幾位設計師，介紹自家設計的商品、辦活動也不錯。減少營業天數的同時，也要挖掘新客層，從容面對工作，從中得到成就感。

最重要的是，沒必要什麼事都往自己身上攬。善用團隊工作的優點，而且身邊有著非常靠譜的夥伴。

學習勇於依賴，也敢撒嬌。

過了馬路，她瞥見一塊小小的看板——

〈採半開放式座位的沙龍美髮。讓您安心整理頭髮，歡迎洽詢〉

舉起手機，鏡頭對準看板上面的預約電話。

✤

炭火爐裡的木炭還赤紅燃燒著。

梭羅里烤著擱在小碟子的棉花糖，隨手從紙盒中拿出個東西，是薄片餅乾。

湊近一聞——

「味道好嗆。」

原來是薑汁餅乾。

炭火爐上的棉花糖已烤到膨脹，梭羅里用鐵筷夾起放在餅乾上，再用另一片餅乾夾住。

「S' more！*」

他開心地塞進嘴裡。

這是全麥餅乾夾巧克力與棉花糖的甜點名稱，不過好像成了薑汁餅乾夾棉花糖的口味。

彷彿聽到一口咬下的酥脆聲，似乎相當美味。

接著，他又拿了一塊庫存的棉花糖，準備開始烘烤，看樣子會持續一段時間吧！

遠處傳來蟲鳴，酷暑之夏總算即將落幕。

＊注：棉花糖巧克力夾心餅乾。

第四話

森林的失物與森林的禮物

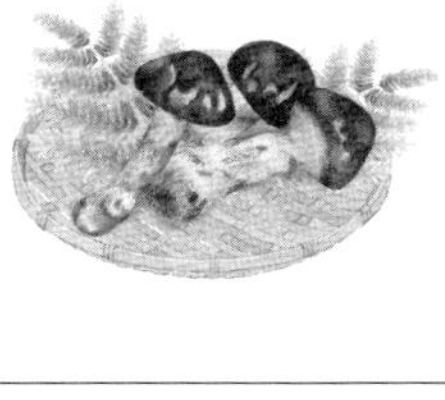

沙喀、沙喀、沙喀——。梭羅里走在〈喫茶渡渡鳥〉的庭院。

他穿著藍色牛仔褲搭配黑色長雨靴，握著用竹子做成的耙子。每踏一步就會發出聲音的是，紅色與黃色的落葉。

楓樹、榆樹構成的小森林，圍繞著〈喫茶渡渡鳥〉。從感覺日落變得比較早的那時起，茂盛的綠葉便染上其他顏色，一片片凋零。

某天早上，梭羅里一到店，發現庭院突然出現一座落葉山，這才覺察到秋天踩著急促腳步來訪。

他手上的耙子前後動著，剷平了落葉山。要用畚箕掃起來丟棄？還是集中一隅？不，都不對，應該要把落葉掃到院子中央，再鋪平。這麼一來，庭院就像鋪了一地落葉。

「看來還有得弄了。」

梭羅里手握耙子，雙手扠腰，環視著小森林。

庭院中央擺置一套桌椅，桌上躺了兩、三片被風吹落的樹葉。院子不大，充其量只能擺一套單人用桌椅，要是多擺一張椅子就顯得侷促。即便如此，還是花了些時間才讓庭院覆滿一地落葉。

梭羅里蹲了下來，拾起一片葉子。

「兩裂葉子並不多見，這應該是三角楓吧！而這片是四裂，應該是紅葉的同類，難道是紅葉葉楓嗎？」

他喃喃自語，小心翼翼地撿起一片片葉子，各種顏色的葉子在指尖上閃耀著。

只見蹲著的他突然停手，直瞅地上。

「居然在這種地方……」

他的臉就像鏡頭緩緩推進似地湊近地面。

原來是一朵蘑菇，有如食用紫磨菇般撐著一把圓傘。

梭羅里觀察了半晌，疑惑地偏了一下頭之後起身，似乎放棄探究，再次滿足地看著指尖上的落葉。

當手腕上下揮動時，會傳來葉子摩擦的沙沙聲。

「聽得見果實的聲音。」

他低喃著，隨即沙喀、沙喀地踏著落葉，走向店門口。

✤

「反正很少和別人碰面，也就不怎麼在乎髮型了。」

耳邊傳來滑手機的客人這麼說。

「您現在大多是遠距工作嗎？」

正在調製染髮劑的谷彩花瞬間停手，抬起頭問道。

「是啊！主管希望我們每週至少進公司一次，不過公司尊重我們的意願，現在大概一個月進公司兩三次左右。」

相隔半年來店消費的這位客人，只預約了染髮。以往她每個月都會來剪加染，也會視情況預約燙髮與保養，還會事先上網搜尋自己喜歡的髮型圖片，存在手機裡再傳給彩花參考。這麼有主見的客人並不多，大部分客人都是全權交由設計師。

彩花從美容專門學校畢業後，就在老家當地的美容院工作。這間美容院位於地方城市的車站前，堪稱一級戰區，主要客層是二十到三十世代，對流行敏銳、打扮時尚的年輕族群。

歷經兩年助理時期的彩花，終於當上設計師。通常得花上五年才能成為有固定熟客、有管理權的首席設計師，她只花了三年就升格，要是繼續待下去，有機會升任總監一職。

然而，彩花希望在最先進的環境裡精進技術，於是三年前，也就是二十五歲那年，毅然決然隻身來到東京，跳槽到一家以市中心為展店據點的連鎖美髮沙龍。

彩花所屬的這間店，位於留有下町風情的商店街一隅。客層年齡比她在老家當地工作的那間店來得高，又多是住附近的婆媽，很少有大老遠特地跑一趟的客人，而且不是修剪頭髮就是白髮染黑。

明明來東京是為了精進手藝，她卻連展現所學的機會都沒有。

「那是繪本嗎？」

可能是過於專心上染髮劑吧，客人的高亢嗓音促使彩花回神。原來客人指的是擺飾在架子上的書，鏡子映照著彩花身後的書架。

「是啊！給大人看的繪本，國外的翻譯作品。」

「可以借我看嗎？」

「當然可以。」

客人都開口了，怎麼好意思拒絕。

確認髮際也有染色後，用保鮮膜包覆頭髮。

「就這樣等個三十分鐘喔！」

彩花說完，拿起那本書遞給了客人。

這麼一來，那本書就暫時不能擺飾了。彩花輕聲嘆氣。

彩花任職的〈Snow Hair〉所有店鋪均採半開放式座位，儘管不少美容院是由助理幫客人洗頭、染髮，這間連鎖店卻是採設計師一人服務制。除了訴求來店消費的客人能舒適享受之外，就保持社交距離這一點來說，半開放式座位不會與其他客人直接接觸，客流量也有一定限制是其優點。

隨著新冠疫情爆發，想要安心整理頭髮而登門的客人，一口氣暴增。既然如此，那就配合傳染病防治對策，以「安心安全」為賣點。

「我看一下喔！」

二十分鐘過後，彩花暫時剝除保鮮膜，確認顏色染得很漂亮。

正在看繪本的客人頷首後，抬起頭。

「這本書很棒吔！」

「圖也不錯，不覺得寫得很好嗎？」

「真的。而且遣詞措意很美，作者好像是英國人。」

客人說著，指向印在書衣上的文案。

「是啊！譯者的功勞很大呢！」

每一位設計師都有專屬的半開放式座位，自己負責布置打理。喜歡閱讀的彩花，在架子上陳列自己中意的繪本與雜誌，方便客人自由取閱。花瓶裝飾著當季鮮花，座椅扶手上掛著一條小毯子，用陶瓷杯裝店裡提供的飲料。

不過，就病毒防治對策的觀點來看，這些作法實在不妥。疫情期間，各店都分配到可以下載最新雜誌內容的平板，方便客人等待時用來打發時間，每次使用完就立刻消毒。此外，也不再放一條小毯子，就連免費提供飲料的服務也暫停。

彩花專屬的半開放式座位，也必須遵守規定。即使不擺書和花瓶比較沒有衛生方面的顧慮，但整體空間看起來空蕩蕩的，因此她還是決定在客人伸手搆不到的地方擺幾本繪本。

「這本書的譯者是小橋可繪小姐。」

「嗯，我讀過幾本她翻譯的作品，每一本都不錯。」

本來就不會因為譯者而選書，只是偶然讀到又喜歡的書，剛好出自同一位譯者之手。

「知道了一本好書。」

這麼說的客人，把手機鏡頭對準繪本。

「用平板也可以看雜誌喔！」

彩花告知客人再五分鐘就能洗掉染髮劑時，順便一提。

「但我還是比較習慣看紙本書。」

彩花非常瞭解這種感受，自己也不用平板看雜誌、看書。不過現在是非常時期，還是希望客人能諒解。

露出曖昧笑容的彩花，準備幫客人洗頭。

✤

梭羅里把從庭院撿拾的落葉，排放在廚房的桌子上，然後拿出擺在吧檯下方的提籃，放入一片片落葉。

籃子裡早已裝了許多東西，像是松果、椎木的果實、小木片等，每一樣都是他漫步〈喫茶渡渡鳥〉森林時發現的。

當他準備提起愈來愈重的籃子時，倏然想起什麼似地看向書架，取出一本書，一臉認真地翻閱幾頁後，疑惑地偏著頭。

「嗯……很像又不像……傘的形狀是這樣沒錯，莖沒那麼粗。」

翻開的那一頁，繪著精細的菇類圖案，還附上了詳細的說明，看起來應該是圖鑑。

「可能是這個吧……？」

翻了幾頁後停手。

「哎呀……！」

只見他一臉詫異，舉起原本擱在書上的手。

「有毒記號。」

什麼意思呀？菇類圖鑑有這樣的記號嗎？啊！我明白了，是標記出有毒的菇類。

也就是說，梭羅里在庭院發現的菇類，搞不好有毒。

「幸好沒採摘。」

他露出鬆了一口氣的表情。

當然，只是碰觸應該不會中毒，但絕對不能摘來食用。

梭羅里重整心緒，從冰箱裡取出一包蘑菇，看來他今晚打算用這個來做料理。

請放心，這是剛剛在蔬果店購入的。

「開始備料吧！」

他說著，繫好了黑色圍裙。

✤

「歡迎光臨！請問預約大名是？」

櫃臺人員北見小姐，以開朗嗓音接待顧客。

「我是預約十一點的田之上。」

「您預約的是谷設計師，是吧？」

忙著整理位子的彩花看向店門口，瞧見北見小姐正在確認預約。

「田之上女士，您好。」

彩花趨前招呼。

「啊！谷小姐，好久不見。」

田之上女士有點難為情地摸了摸頭髮。

這位六十多歲女士，是從彩花初到這間店就一直光顧迄今的客人。留著一頭沒染黑的灰白長髮，大概每季來整理一次。由於疫情爆發，盡量不外出的關係，時隔約兩年才上門。

「請先量體溫。」

北見小姐拿著一把像是玩具手槍的額溫槍，對著田之上女士的額頭。

「不能量手臂嗎？怕遲到太久，剛才跑得滿頭大汗。」

「當然沒問題。」

這麼回應的北見小姐，把額溫槍湊近田之上女士的手臂。

嗶嗶！響起聲音。非接觸型體溫計要看是哪種機型，總覺得精確度都不及挾在腋下量測的體溫計。

工作人員每天早上出勤時都要量體溫，大多是三十五度，也有偏低的時候。藉由量體溫初步瞭解身體狀況，一旦發燒、身體不適時，就避免外出，全體工作人員對量體溫都有共識。

「鞋底也得消毒，可以把腳底稍微朝向我這邊嗎？」

「連鞋子也要消毒？可真稀奇呢！」

田之上女士一臉詫異地說。

「美容院經常掃地，難免會揚起灰塵什麼的，這麼做也是避免外頭的細菌侵入店裡。還要麻煩您消毒一下手部。」

北見小姐指著擺在店門口的消毒液。

「我的手因為常碰酒精變得好粗糙喔！反正我有接種疫苗，不消毒也沒關係吧？」

「我們用的消毒液含甘油成分，是不會傷手的，您不用擔心。」

「這個嘛……」客人為難的口氣，促使彩花趕緊打圓場。

「如果對酒精過敏的話，去洗手間洗手也是可以的。」

帶客人去洗手間的彩花，朝北見小姐使眼色。

洗好手的田之上女士，終於入座。

「我想統一色調，要麻煩妳幫我整頭染。」

灰白髮也必須定期染，只是次數沒那麼頻繁。

「很久沒來剪頭髮了嗎？」

彩花整理著意外整齊的髮尾，問道。

「多少會在家修剪，是叫家庭理髮嗎？美容院到是好久沒來了。」

「您自己修剪嗎？好厲害喔！」

幫客人梳頭髮的彩花，稱讚道。

手夠靈巧的人會自己修剪髮尾和瀏海，也有不少人用藥妝店販售的染髮劑ＤＩＹ染髮，甚至有人挑戰自己動手燙髮。這麼一來，就不用花錢上美容院。

要讓客人特地跑一趟，就得端出在美髮沙龍才能享受到的附加價值。

「比起傳統的植萃染，現在有更不傷肌膚的染髮劑，您要不要試試呢？價格多個一千日圓左右。」

「還是照往常就行了。」

「了解，那需要護髮嗎？」

「今天不用。對了，之前送的免費保養券還能用嗎？」

來店消費可以累積點數，看是要兌換護髮用品，還是免費保養券。只不過，田之上女士的保養券早已過期。

「當然可以。保養體驗券，是吧？那就染完頭髮後再保養。」

彩花還是微笑回應。

客人體驗後覺得不錯，就會預約。儘管這是當初推出這項服務的目的，但除了免費體驗以外，幾乎沒人預約。

溝通結束後，田之上女士摘下口罩。

「不好意思，因為預防感染，還是麻煩您戴上口罩。」

「戴著口罩染髮嗎？這樣不是會沾到嗎？」

「只有染耳朵周圍時，才需要暫時脫口罩。繩子可能會沾染到一點點，還請見諒。」

「這世界變得好不方便。」

這也是沒辦法的事啊！畢竟是為了安心安全而做的措施。

彩花試著遞上平板。

「沒有一般雜誌嗎？」

果然這年紀的長輩，對這東西一點也不感興趣。

順應客人的要求，只好拿出早已收起來的料理雜誌和時尚雜誌。不過沾付在紙類上的病毒似乎能存活兩三天，週末之前不能把這幾本雜誌再拿給其他客人。

「谷小姐有回老家嗎？」

田之上女士翻了幾頁雜誌後，問道。

「我嗎？本來想說暑假回去一趟。打電話給我媽，結果被婉拒了，好像不希望住在東京的我回去。」

「是喔？我女兒還參加社團活動、聚會什麼的。」

隨著一陣「哈哈哈」大笑聲，店裡的氛圍霎時緊繃。雖說是半開放式，卻還是相連的，用來區隔的牆壁也只有椅背高度而已，應該有人很在意大聲說話或笑聲。

有些人來美容院是為了療癒身心，希望能輕鬆地消磨時光；不過礙於防疫政策的種種規定，反而突顯不少客人自私的一面。

近來經常聽到「雙標」一詞，如何兼顧服務與防疫政策便是一例。

「那就這樣靜置一會兒喔！」

田之上女士一把拉住正要起身離開的彩花。

「今天沒有提供咖啡嗎？」

「疫情期間不提供飲料。」

「真可惜，就是喜歡在這裡喝咖啡……」

即使隔著口罩也看得出來，田之上女士不滿地噘嘴。

「不好意思。」

彩花無奈地低頭致歉。

✤

「哦——，從厚切牛排到三明治都行吔！」

自言自語的梭羅里，不曉得在看什麼東西。

廚房吧檯上有個附手把的鐵盒子，約莫大開本辭典的大小，該不會是手提包吧？

梭羅里去購物商場買燈泡時，衝動買了這東西，他偶爾會做這種事。

桌上擺著一張應該是說明書的印刷品。他拿起鐵盒子，卸下手把兩邊的固定釦，盒子瞬間一分為二，內側還有鐵板。看來是把食材挾在這裡，然後通電發熱的裝置。

「這東西堪稱專業級熱壓三明治機啊！」

不曉得是在說給誰聽，只見他卸下鐵板，開始沖洗，一副迫不及待使用的模樣。

「淋上美乃滋和芥末醬，餡料是蘑菇，再加一片起司。」

他又取出一片吐司，做成三明治，放進剛才的鐵盒子裡。

「料好像放太多了。」

餡料確實有點溢出來，但沒關係。

放下上蓋，扣好固定釦，約莫五分鐘後緩緩開蓋。

「喔喔——！」

好像很順利，烤得恰到好處的麵包呈現淺咖啡色。

「開動！」

酥脆聲與滿面笑容足以說明有多美味。這東西還真是好用啊！梭羅里感動不已。

當他抹去嘴邊的麵包屑時，瞥見巷子另一頭有人影。是客人嗎？

儘管還沒開始營業，梭羅里還是戴上大口罩，走向店門口。拜美味熱壓三明治之賜，心情似乎不錯。

「歡迎光臨，歡迎來到喫茶渡渡鳥，不過本店傍晚才開始營業。」

這說法不太禮貌，卻也沒辦法，這就是梭羅里的作風。

「好漂亮的店喔！其實我在附近的美容院工作，剛好出來發傳單。」

身形嬌小的女子說著，遞出一張紙。

在美容院工作的她，留著一頭非常相襯的漂亮捲髮。一樣是捲髮，卻完全不同於頭上東翹一根，西翹一根的梭羅里。

「給來店的客人就行了，是吧？」

「謝謝。還附上折扣券，麻煩您了。」

「第一次剪髮只要半價？太便宜了。」

折扣給得很大方，難怪梭羅里如此驚訝。

「最重要的是，讓大家知道有這間店。」

原來如此。梭羅里瞄了一眼傳單。

「啊！請稍等一下。」

他轉身走進店裡，取出擺在吧檯下方的提籃，隨即走向店門口。

「請挑一個帶走，都是在這庭院撿到的東西。」

女子頗感興趣似地窺看籃子，抓起一顆果實。

「森林的失物。」

梭羅里微笑地說。

✤

「彩花姐，妳看這個。」

北見小姐目送客人離開後，出示自己的手機畫面，社群平台畫面上並列著幾支影片。

「這是before，這邊是after。」

北見小姐靈巧地操作畫面，由於現下店裡沒客人，才能放出聲音。

「我的臉偏長，想用瀏海遮掩一下，不曉得合不合適？」

影片中，髮色明亮的長髮女子顯得有點緊張地，而且一看就知道是在美容院與設計師溝通的場景。

「當然可以啊！而且會變得很可愛喔！」

年輕的男性設計師微笑地爽快回應。如此親切開朗的笑容，不怕有些顧客會誤會，看來他對自己的皮相挺有自信。

「真的嗎？」

男性設計師一派自信地看著總算鬆了一口氣的女客人，接著就連接到方才北見小姐說的 after 影片。

「欸？這是……」

彩花湊近瞧。

「是吧！真的變了一個人。」

造型後的影片中，女子的髮色染黑，短瀏海，長度及肩，果真是「華麗變身」。髮尾應該是使用捲髮器，弄成往外彎的大捲。

「哇！好開心！」

影片中的女子雙眼發亮。

要是在家自己洗頭，這髮型洗完就會變得扁塌呆板。

其實女子的長相適合剪鮑伯頭，從裡往外打層次，營造輕盈感。若想更有造型的話，髮尾斜剪就行了，瀏海不必刻意分邊，噴上定型液就不會貼額頭。

「覺不覺得連妝容都變了嗎？」

可能是為了宣傳，眉毛修剪整齊，還畫眼線。

「還有這個。」

北見小姐點開另一支影片，這次是長髮剪短的「變身」。

「不覺得剪之前還比較好看？這個人的長相就是適合長髮，就算要剪短，後脖子的髮際也要處理得很乾淨才行。」

對於彩花的不置可否，北見小姐也表贊同。

「看起來好老氣喔！真可憐。」

然而，手機那頭卻傳來雀躍無比的聲音，

「哇！好清爽。好像變了個人，超可愛！」

彩花沒料到當事人會覺得可愛，那拙劣的剪髮技術根本令人惱火。

「即便如此，還是很多人上當呢！妳看。」

北見小姐靈巧地操作手機，點進這間美容院的預約網站，未來幾個月都滿約。不曉得這情況究竟是真是假，但肯定不少人認為這是一間讓人藉由時尚髮型，華麗變身的人氣店。

「應該去過一次就不會再光顧了吧？」

「反正，只求達到宣傳效果就行了，其他無所謂。問題在於，怎麼可能預約滿成這樣呀？」

無論是打烊後還是公休日，工作人員都會自主練習剪髮，還得研究時下流行的髮型，才能回應客人的要求，或是思考什麼樣的保養能簡單又持久；無奈這些都不是消費者想要的。

難道所謂的輕易就能改變造型，只要當下讓人眼睛一亮就行了嗎？這種事每一間店都做得到。

聽著北見小姐發牢騷的彩花，不經意地瞄到櫃臺上電腦旁的果實。

「這是什麼？好可愛。」

「這個啊，是我前幾天投遞傳單時，在一間咖啡廳拿到的。」

北見小姐又回復開朗的模樣。

把廣告傳單投遞到住家、大樓信箱，讓住在附近的人知道有這間店，進而吸引客人上門，也是一種宣傳方式。

〈Snow Hair〉的工作人員也會利用空檔時間，挨家挨戶投遞傳單。藉由這種土法煉鋼的方法，讓不會使用社群平台的銀髮族，也能知道附近有這間店。而且彩花覺得比起那些造型前後的影片，這方式更能誠實又直接地訴諸消費者。

「咖啡廳？」

這條商店街有這麼療癒的店？

「我本來也不知道呢！想說拐進巷子看看，就發現立著一塊看板，是非常棒的店喔！」

北見小姐興奮地描述由男店員獨自掌管的咖啡廳，四周都是樹林，彷彿置身在森林中。

「很難想像這條街有森林。」

彩花驚訝道，這一帶是再普通不過的住宅區。

「是吧！就真的突然出現一處那樣的空間，妳也去看看。」

「那我們一起去吃午餐，如何？」

彩花開口邀約。

「我還有很多想找妳一起去的店，」北見小姐像告知什麼秘密似地悄聲說：「但那裡是一個人的專屬咖啡廳，而且傍晚才開始營業。」

北見小姐造訪那時，咖啡廳還在準備中。

彩花詢問了店名和大概位置，拿起擱在櫃臺上的果實。

「這是那座森林的果實吧？」

「應該是。我拿傳單給對方，換來這顆果實，說是『森林的失物』。」

「森林的失物？」彩花瞪大雙眸。

此時，突然響起刺耳的電話聲，兩人對話因此中斷。

北見小姐像是想阻止這聲音似地，迅速抓起話筒。

「您好，我是Snow Hair的北見。」正在講電話的北見小姐，向彩花使了個眼色。「負責的是谷小姐，是吧？好的，馬上幫您確認時間。」

她按下了保留鍵，暫擱話筒。

「前天來店的澤井女士，希望重新整理頭髮。」

要是客人不滿意染燙後的造型，一週內都能免費重新整理，這是這間店的規定。這位客人是沒有預約的新客，由那時剛好有空的彩花負責。

「您好，我是幫您整理頭髮的設計師，敝姓谷。」

彩花拿起話筒回應。

「我說妳啊，幫我染得太淡了。可以重染嗎？」

話筒另一端傳來試圖打斷彩花聲音的刻薄口氣。

對方說自己有過敏體質，希望使用不傷頭皮的染髮劑。而彩花推薦的是以天然染料製成，可以安心使用的產品，且不像化學合成藥劑那麼刺激，十分合乎講求安全安心的顧客需求，業界的使用率也很高。

「幫您用的是成分天然的染髮劑，應該過幾天顏色就很自然了。」

這款商品的特徵是「慢慢定型」，染完至少要隔一天才能洗頭。

「那時在店裡看覺得還不錯，一到晚上洗完頭、吹乾就覺得效果很差。總之，希望妳能馬上幫我重染，幾點能幫我弄呢？」

染完當天就洗頭，當然會掉色。明明提醒過好幾次，真叫人灰心，仔細處理的時間都白費，還不能對客人發牢騷。

基本上，那些要求重新整理的顧客著實讓人氣結，但盡量不傷和氣的柔軟回應才是上策。

今天一直到打烊都有預約，實在沒辦法，看是另外找一天幫她整理，還是安排打烊後呢？彩花瞧了一眼時鐘。

「若是今天的話，不曉得您晚上八點方便嗎？」

「晚上八點？不行啦！小孩都回來了。妳覺得哪個家庭主婦能在這種時間出門呀？」

「很抱歉，今天都有預約了。明天的話，白天時段沒問題，不曉得您方便嗎？」

「我要求的是今天重弄吔！算了。」

電話隨即掛斷，徒留嘰嘰的機器聲。

彩花一回神，才發現右手緊握放在櫃臺上的果實。

「如果把美髮保養作為我們店的主打特色呢？」

那天打烊後的會議上，有人從北見小姐發現的社群平台話題，提出這般建議。發言的遠山小姐比彩花年輕，卻是這間美容院的資深員工。

「大家明明對體驗很感興趣，卻沒興趣預約。」

去年到職的千脇小姐說。

在〈Snow Hair〉每個人都是獨當一面的設計師，無關資歷，也沒掛主任、總監之類的頭銜。之所以沒有指定的費用，也是因為設計師的資歷、頭銜都與服務無關，只希望為每位客人打點出最適合自己的美麗髮型。

「設計一個讓大家能輕鬆預約的優惠方案也不錯。」彩花贊同遠山小姐的提議，也提出了其他建議。「還可以送護髮素之類的試用包，讓客人在家也能ＤＩＹ護髮，應該會很開心吧？」

「我來問問廠商可不可以提供試用包。」

就在北見小姐以手機取代筆記時，忽然傳來敲門聲。

「咦？是客人嗎？」

北見小姐奔向早已關燈的櫃臺那邊，不久便小跑步回來。

「彩花姐，找妳的，就是那位要求重新整理……」

時鐘顯示晚上八點半多。是要預約嗎？彩花滿腹狐疑地走向門口，瞧見有位長髮女子，也就是澤井女士。

「妳就是谷設計師吧！妳看。」

她摸著吹整漂亮的頭髮。

「今天沒能為您服務，不好意思。」

「無所謂了。多虧妳幫我染了那麼奇怪的顏色，我才能找到一位非常厲害的設計師，想說過來向妳道謝囉！」

澤井女士眼神輕蔑地瞅著彩花。

髮色確實變得明亮豔麗，顯然是用化學合成染髮劑，髮尾已受損，只是用定型液遮掩罷了，還看得到髮量稀疏的頭頂有塊紅紅的頭皮。

不是說自己體質過敏嗎？

「有適合的染髮劑，真是太好了。」

彩花脫口而出這句話時，澤井女士露出不太高興的表情。

「切實回應客人的需求是專業人士的工作，不是嗎？我就是要告訴妳這一點，才特地過來一趟。總之，我不會再來光顧了。」

可能是看到彩花頻頻行禮道歉，頓覺心滿意足了吧。

「既然弄得漂漂亮亮的，那就買個東西再回家。」

隨著玻璃門應聲關上，澤井女士消失於昏暗中。明明說這時間無法出門，看來穿著連身洋裝的澤井女士，夜晚還很漫長。

踏著沉重步伐回家，彩花刻意走小巷，不想在商店街遇到澤井女士。她手插進靛藍色連身洋裝的口袋，觸碰到一個圓圓的東西，原來是北見小姐給的果實一直擱在口袋裡。

「對了，那間位於巷子深處的咖啡廳。」

彩花回想起北見小姐的說明，便循路前行，果然瞧見那塊看板——

〈一個人的專屬咖啡廳　喫茶渡渡鳥〉

下方有咖啡、紅茶、咖啡歐蕾、柳橙汁等，咖啡廳的常見品項，也有三明治、甜點。

看板一隅用圖釘釘著一張明信片，上頭手寫著——

〈贈送森林的失物〉。

「就是這間吧！」

彩花從口袋掏出果實。

那排字旁邊還添綴著小小文字——

〈有森林的禮物〉。

「森林的失物與森林的禮物？也兼賣東西嗎？」

彩花照著看板上標示的箭頭，走進窄巷。

✤

「啊！」

前方一片金光閃爍的景象，讓彩花不由得屏息。

落葉嗎？不只金黃色，還鋪著紅色、咖啡色等各種顏色的葉子。

「歡迎光臨，歡迎來到喫茶渡渡鳥。」

循聲抬頭，庭院深處站著一位手握竹子做的耙子，身形瘦高的男子，應該就是北見小姐說的那位咖啡廳老闆。

「好漂亮喔！」

就在彩花瞇眼望著庭院時，看起來應該是老闆的男子緩緩頷首。

「這是這片秋天森林的失物。」

彩花趕緊掏出塞在口袋的果實給老闆看。

「前幾天，我同事在這裡拿到的。」

「喜歡的話，庭院裡的果實都可以撿。」

老闆遞出挾在腋下的提籃。

「巷口的看板上寫著『森林的禮物』是什麼呢？」

「那是今天的菜單名稱。」

「菜單？」

〈森林的禮物〉是菜單……？彩花一臉不解地偏著頭。

「要吃吃看嗎？」

老闆不待彩花回應，便轉身走向位於庭院深處的小木屋。

「那棟小木屋是咖啡廳嗎？」

就在彩花猶豫著是要走進那間店，還是繼續待在原地時，那棟屋子的窗戶倏地敞開。

「請試著坐在落葉上。」

滿地落葉宛如金色地毯，彩花怔怔地俯身伸手觸摸，乾乾的落葉發出沙沙聲。

心情漸漸變好的她，索性坐了下來。

「好舒服喔！」

落葉堆得比想像中來得密集，手稍微撥弄一下，根本看不到地面。

彩花就這樣伸長雙腳，雙手撐在腰後，眺望夜空。

「把蛋汁倒入塔座。」

雞蛋與鮮奶油，加上細碎的起司，攪拌後倒入塔座。

「鋪滿小蘑菇，再烤一下就行了。」

梭羅里將塔派放入預熱好的烤箱，關上烤箱門，約莫三十分鐘，烤出漂亮的塔派，然後把剛出爐的塔派移至烤網上冷卻。

從庭院走回廚房的梭羅里，用刀子切片後置於盤子，端到坐在庭院落葉上的客人面前。

「久等了，森林的禮物。」

由於坐在地上不方便用餐，遂請彩花入座戶外用餐區。

「這是蘑菇塔派吧！是用這裡採的蘑菇做的嗎？」

怎麼可能，要是這麼做的話，後果不堪設想啊……！梭羅里害怕得顫抖。

彩花咬了一口滿載蘑菇的塔派，瞬間鎖住的蘑菇鮮味在口中擴散，以蛋做成的塔體無比濃醇又鬆軟，簡直入口即化。塔派邊烤得酥脆有嚼勁，讓人忍不住一口接一口。

「真好吃，原來蘑菇的味道這麼濃郁。」

彩花向繼續清掃庭院的咖啡廳老闆，稱讚道。

「菇類乾燥後更增添鮮味，沐浴在陽光下的菇類富含維他命D。」

有研究結果顯示，維他命D有預防感染的功效，就算沒有具體結論，至少能提升免疫力。

一直被視為配菜的菇類，可真令人刮目相看。

「坐在落葉堆上就覺得疲累的心被療癒，光是摸到這東西，心情馬上平靜許多。」

彩花說著，掏出口袋裡的果實，擱在桌上。

「我覺得即使不是在森林裡，光看照片或影片就有森林浴效果，不是嗎？也因此，就連這麼一顆小小的果實，都能療慰人心吧！」

老闆那藏在鏡片底下的黑眸，微微漾起笑意。

「我在附近的美容院工作。」

只見老闆像是想起什麼似的，從黑色圍裙的口袋裡，掏出一張折起來的廣告傳單。

「這裡嗎？」

「是的，就是這裡。您有拿一張啊！」

「折扣給得很大方，而且我有點事想請教。」

感覺個性頗文靜的老闆，似乎有點亢奮。

「什麼事呢？」

「這個美髮保養，是什麼樣的服務呢？」

「頭皮按摩與洗髮。」

「像我這種頭髮也適用嗎？」

老闆摸摸自己的頭，自然捲的程度頗厲害。

「當然，還會變得比較好整理喔！」

聽到彩花這麼說，老闆頓時鬆了一口氣。

「我的頭髮很容易東翹西翹，每天早上都非常傷腦筋。原來美髮保養是這樣的服務……」

「方便請教貴姓大名嗎？」

「我？叫我梭羅里就行了。」

「梭羅里先生，可以的話，還請光顧我們的店。」

彩花不由自主地推銷起自家美容院。

「採半開放式空間還真少見呢！」

棱羅里向彩花出示傳單上的偌大字體。

「現在讓客人能夠安心享受服務，才是最重要的。」彩花轉頭看向建於庭院深處的咖啡廳，問道：「經營咖啡廳也挺不容易吧？像這樣設置讓人可以轉換心情的座位，標榜一個人的專屬咖啡廳之類。」

「這個嘛，來我這裡的客人本來就不多。不過啊，只要有像妳這樣，覺得這間咖啡廳很舒心的客人就夠了。」

「是喔！美容院是一處難免會和客人近距離接觸的場所，必須準備各種因應對策，畢竟很難掌握客人的行動。光是要讓客人放心享受服務，又要做好防疫措施就很疲累。」

彩花一臉苦笑地說。

「妳看這裡。」

棱羅里指著地上，只瞧見滿地落葉。

「落葉，是吧？」

「再仔細瞧。」

梭羅里一副採集植物做研究似的模樣，湊近地面盯著落葉，只差沒拿著放大鏡。

彩花也有樣學樣，凝神細瞧，發現葉縫間探出一朵撐著小傘的菇類。

「啊！有菇類。」

「沒錯。」

彩花像是被稱讚的小學生般，雀躍不已。

「好可愛喔！應該是濕地茸的同類吧？」

梭羅里左右移動身子，觀察一會兒後緩緩起身，左手扠腰，右手食指指著這朵菇類。

「搞不好是……」

「欸？」

停頓片刻，聽到梭羅里深吸一口氣，像在宣告什麼似的決斷口氣。

「毒菇。」

「不會吧?!」彩花驚詫不已。

童話故事裡的毒菇，都是撐著上頭有白色水珠圖案的紅傘模樣；但長在地上的這個，怎麼看都是再普通不過的菇類。

「不曉得是哪一種菇類，是吧？」

「妳吃的那個也是。」

只見梭羅里露出促狹眼神，看向盤子裡的塔派。

「怎麼可能……」

彩花笑著說。這是不折不扣的美味蘑菇。

「菇類富含營養，卻也有毒。所以妳不必總是笑臉迎人，偶爾也試著噴毒液吧！」

「噴毒液？」

「是啊！因為妳已經吃了毒菇。噴吧！」

彩花先是不悅地噘嘴，後來似乎感覺到毒菇在肚子深處張牙舞爪，這才徐徐開口。

「本來……」

「繼續說。」

梭羅里催促道。

「本來咖啡就是純屬服務嘛！要是嫌口罩髒，就自己帶乾淨的來換啊！明明說自己的體質過敏，不能用化學藥劑，那就不要一直抱怨！也不要拿過期的優惠券來硬拗！別把人家的體貼當隨便，不要隨便碰店裡的東西，搞什麼鬼啦！」

彩花一吐為快。

「嗯，不錯，很會罵嘛！」梭羅里一臉竊笑，接著說道：「即便是毒，有時也會變成藥。」

彷彿心裡的疙瘩盡除，感覺好舒爽。

「對了，這個籃子啊，是用白樺的樹皮做的。」

用來裝果實的提籃，就這樣擺在落葉鋪成的地毯上。

「是喔？」

用削成薄薄的木片編織而成，造型質樸的牛奶糖色籃子，和落葉融為一體。

「白樺的樹液也成了民間偏方。妳聽過木糖醇這東西嗎？」

「預防蛀牙的，是吧？」

從口香糖的電視廣告得知的，記得源自北歐某個國家。

「沒錯，那也是取自白樺的樹液。」

「也是一種藥嗎？」

出現在介紹避暑聖地影片裡的白樺，一向予人凜然清爽的印象，感覺是既非毒，也不是藥的植物。

看來是一種光看外表，不見得知道它是什麼屬性的植物呢！彩花思忖著。

「有沒有想過，妳的存在或許對某個人來說，是種救贖呢？」

梭羅里低聲詢問。

「我？」

這有可能嗎？彩花回想最近自己的工作態度。似乎自我意識過剩，這樣真的是為客人著想嗎？

就像澤井小姐染髮一事，要是多瞭解她的想法，也許就不是這樣的結果；說到底，不就是存著「反正對方是新客」的心態。自己真的有誠摯回應客人，想來美容院享受服務，放鬆一下的心情嗎？

「本來想給妳這個。」

梭羅里像在盤算什麼似地瞇起偌大口罩上方的雙眼，從口袋掏出免洗筷和橡皮筋。

「免洗筷？」

「這個弄成這樣……」只見這兩樣東西變成像是額溫槍形狀的玩具槍。「把弓架在心上，遇到討厭的事，就像這樣咻一下……」

橡皮筋頓時飛進落葉堆。

「不過好像沒必要了，因為已經解毒了。」

「讓您見笑了，真不好意思！」

彩花覺得很難為情，緊握著桌上的果實放回口袋。

把森林置於掌心，將弓箭架在心上。

✤

迎面而來的風，捲起地上的落葉。

「好冷！」

梭羅里用雙手抱緊身體，走回店裡。

「得趕緊準備熱可可才行。那只用來燉煮的鍋子放在哪裡呢？」

之前冬天時曾用大鍋子燉煮牛肉，還有烤蘋果。

一打開儲物間的門，裡頭的東西瞬間崩落，這些都是梭羅里衝動購物的成果。

看來要找到大鍋子，不容易啊！必須在寒冬來臨前，儘快找到。

✤

「真的剪很多呢！不過，我覺得妳很適合短髮。」

彩花站在椅子後頭，看著客人的手機，畫面並排著客人想要剪髮型。

「想讓自己清爽一點。」

笑著這麼說的客人是從夏天開始光顧，在車站大樓的生活雜貨用品店工作的緒川小姐。

「工作會不會很辛苦呢？」

「難免會遇到各種麻煩事，不過是做自己喜歡的工作，也就沒什麼好抱怨的。」

「佩服！」

彩花很想拍手，礙於正在剪髮。

「今天有時間幫我保養一下頭髮嗎？」

「沒問題。」

為了因應客人的臨時需求，彩花把預約時間排得鬆一點。心有餘裕的話，就能做好每個環節。

「恭喜妳考取了美髮保養資格，我在你們家的網頁上看到的。」

「我們店裡的工作人員都有參加研習，線上課程挺有趣。」

「了不起，不斷學習。」

全體工作人員都考取資格，大大提升整間店的形象，近來美髮保養的預約也變多了。

舒適的沙龍級服務，加上詳細說明使用的素材、道具與消費方案，成功吸引3C世代的年輕族群來店。

「我啊，覺得這場疫情的收穫之一，就是遇見這間美容院。」

滑著平板的緒川小姐，如此說道。

「咦？」

彩花懷疑是不是聽錯了。

「我一直盡量避免和別人接觸，連去一趟美容院都很猶豫，結果無意間發現你們這間讓人可以安心享受服務的店，而且谷小姐幫我剪的髮型都很好整理。」

彩花透過鏡子與緒川小姐對望。

自己的存在或許能療癒別人……。若是這樣的話，真的很開心，想成為這樣的髮型設計師。

不過，為了常保笑容，有時也要拉一下心之弓。

「染髮時會稍微弄髒口罩，但我們有準備替換用口罩，請放心。」

彩花一邊說明，一邊遞上盛著咖啡的紙杯，還用杯蓋覆著，這樣就能讓客人安心飲用了。

「我可以看那本繪本嗎？」

鏡子映著書架，店裡的書籍都包上書套，再用酒精消毒就行了。

「當然可以。」

彩花挺直背脊，伸手拿那本書。

口袋裡的果實，發出喀咚聲。

第五話

變得幸福的烤蘋果

有個被稱為「幸福國度」的國家，那就是位於中國的南方，與印度相鄰的不丹王國。

究竟是什麼樣的國家呢？我思忖著，轉著地球儀。

小小的國土，約百分之七十八是森林之類的自然地。查了一下統計資料，每平方公里的人口密度約二十人。肯定可以生活得愜意舒適，與人口密度高達三百五十人的日本截然不同。

或許如此親近自然，也是幸福的因素之一。試著稍微深入探究，查到一個陌生名詞「GNH」。

「GDP」是指國內生產毛額，亦即一項經濟指標。GDP愈高，表示這國家愈富足。

「GNH」則是國民幸福總值，也就是從幾項指標衡量一個國家的人民有多幸福。

不丹的「GNH」之所以高於「GDP」，是因為將近五十年前就在推動，精神富裕比經濟力來得重要的政策。每一位國民都很幸福的話，國家也會變成幸福國度，就是這樣的觀點。

不過，幸福真的能以什麼基準計算出來嗎？一直思索這件事的我，奔馳在前往〈喫茶渡渡鳥〉的路上。

儘管在腳踏車把手上安裝了厚手套，還是冷到連感覺都變得遲鈍。把毛帽拉至耳下，再次用力踩著踏板。光是看著從嘴裡吐出的白色氣息，就冷到渾身發顫，心情卻還是十分愉悅。

或許對我來說，這般日常光景也是一種「幸福」。

一走進店裡，便趕緊備料。

將可可粉倒入有著粗圓木柄的琺瑯牛奶鍋，再用湯匙舀起滿滿一匙、兩匙、三匙。應該不會太多吧？倒入四匙可可粉之後開火，接著用木杓慢慢攪動，煮了一會兒，店內瀰漫一股甜香，最後轉小火，加入牛奶。

「一點一點地加入，慢慢的……」像哼歌似地和著節奏。

加入牛奶後，用木匙不停攪拌，直到整鍋染上巧克力色，熱氣蒸騰。

這就叫「幸福」吧！準備妥當，差不多該迎接客人上門了。

✤

「睦子女士，這位是今年春天成為我們公司一員的砂川小姐，你們還沒打過招呼吧？」

切割成三等分的電腦畫面中，戴著紅色細框眼鏡的鈴下先生，爽朗地發言。

世間幡然一變的情況，不久將滿一年。疫情起起伏伏，目前正迎來第三波，每天都在播報相關新聞。遠距工作成為常態，是從初次頒布緊急事態宣言的二〇二〇年五月開始。

磯貝睦子與合作對象，透過線上會面的情形也變多了。起初常發生彼此的聲音突然中斷，或是因連線出狀況而陷入苦戰。當漸漸習慣後，反倒覺得這種溝通方式比較輕鬆，不解為何要耗費時間相約碰面。

作夢也沒想到，世界會變成這樣。

縱使年近七十，睦子還是希望自己能毫無畏懼地接受新事物。

左邊畫面是鈴下先生介紹的女子，藏在口罩下的嘴角肯定上揚著。她臉上掛著優雅笑容，長長的瀏海旁分，留著長度稍稍觸及淡藍色襯衫領口的頭髮，透過畫面也看得出來膚質狀況很好。之所以看起來五官深邃，不單是為了上鏡好看而強化眼影效果的緣故。

「您好，由我負責這次的案子。」

「我也會從旁監督，有什麼需求還請不吝告知。」

右邊畫面的鈴下先生，補充道。

睦子以染織品設計師的身分獨立創業之後，便和這間公司繼續合作超過了三十年。

當然也不是一直都有案子可接，大概一年幾次或幾年一次，而且負責接洽的人每次都不一樣，不少都是合作過一次就沒下文了。看來這間公司的流動率相當高，也有人做了好幾年卻突然辭職。外頭的人不曉得公司內部情況，但八成是不太好捧的飯碗。

睦子和鈴下先生共事過好幾次，從他畢業後剛進這間公司到現在，今年是第十年吧！身為男性的他非常瞭解女性客層的需求，而且行事風格俐落，合作起來相當愉快。

「睦子女士設計的童裝用品系列，深受好評呢！」

這幾年也跨足設計童裝用品，尤其是雨衣、雨傘等，據說每年的新作都讓許多人引頸企盼。

睦子認為，說這份工作是天職也不為過。

「我也是MUTUKOISOGAI包包的愛用者喔！」

砂川小姐說著，拿出綴著深淺粉紅色圓點圖案的藏青色托特包。

「咦？是喔？我怎麼沒聽說呀？」

鈴下先生一臉懊惱的樣子很滑稽，畫面裡的三人齊聲大笑。

「不愧是色彩魔術師，這次又會設計出什麼顏色呢？真是令人期待。那就麻煩您了。」

魔術師……。鈴下先生的這番奉承話，不由得讓人想發笑，當然沒什麼惡意。

「包在我身上。」

三十歲那年獨立後，轉眼也快滿四十年。不知不覺間，自己成為可以輕易脫口而出這句話的存在。

現在的設計師多是採電腦繪圖，睦子則是從學習階段就用傳統方式創作。3C用品雖然便利，但在電腦上用繪圖工具描繪線條，總覺得看起來很空虛，少了手繪特有的深度，因此睦子還是堅持目前的作業方式。

在使用多年的桌子上攤開素描本，瞬間變成品牌的畫坊，絲毫無法想像剛剛才在這裡吃早餐。冬日的明亮陽光從窗子流洩進來，沐浴在自然光裡的早晨，是睦子最能專注工作的時段。

在調色盤上擠些透明水彩顏料，用沾水的畫筆調色。

「色彩魔術師……嗎？」

睦子想起那天開會時，鈴下先生說的話。

身後靠牆擺置的老舊玻璃櫃裡，陳列著她長年以來經手過的作品。舉凡文具用品、包包、毛巾、餐具、服裝和雨傘，每件東西都綴飾著顏色鮮豔的主題。

仔細一瞧，有動物圖案、花卉圖案，整體來看卻呈現幾何圖樣。畢竟圖案過於獨特就很挑人用，改用配色來表現時尚與華麗感。

這次的委託案是下一季要販售的雨具，除了雨衣和雨傘之外，新推出的防雨裙造型和材質都已確定。至於印在上頭的圖案，亦即花樣的設計，就是睦子的工作。

只見睦子的手動了幾下，調色盤上便出現淡紫色，試著沾些顏色繪在雪白的素描本上，濃淡相間，擴散開來。

年輕時就經常熬夜，十足夜貓子，屬於夜愈深愈有活力的體質。

直到那次邂逅才澈底改變。

六十幾歲時，發現自己眼睛容易疲勞。

原本眼睛狀況就稱不上好，雖說如此，只有觀賞電影時需要戴眼鏡看字幕，日常生活不戴也沒問題。況且工作時幾乎都是近距離作業，倒也沒什麼不方便。聽說近視能抵銷老花，其實只是因為習慣視力欠佳狀態，並不覺得有什麼不便。

總之，近視不算深的睦子，還不用戴老花眼鏡；但長時間工作加上經常看手機，導致頭痛症狀加劇，眼睛也很不舒服。因此她必須隨身帶著治療乾眼症和眼睛疲勞的眼藥水，就這麼忍耐地熬了十年。

那是發生在某天即將截稿時的事。

採傳統作業方式的睦子交稿時，都會掃描作品後存檔。事實上，在做成商品之前，像是製作印刷用的圖檔，以及後續幾個環節，都不是她的工作範疇；不過直到設計案完成之前，都必須用ＰＤＦ檔和業主的負責人員溝通，所以睦子還是得把作品弄成圖檔。

事情就發生在，設計化妝包圖案的時候。

當時已經確定好樣式風格，再來就是提出幾組配色。睦子用電腦調整以綠色為主的提案後，天色已漸明，總算可以上床休息。

然而讓她錯愕的是，小睡片刻醒來後，開啟電腦準備把圖檔傳給負責人員，進行最後確認時——

「咦？」

明明晚上看的時候是帶點藍綠色，清爽的色調猶如森林一般。現下一瞧，色彩卻是既黯淡又不美，還偏黃色調。

睦子揉了揉眼，電腦畫面頓時變得有些模糊。

一直以來還能勉強應付，但要是無法正確判斷顏色的話，就沒辦法繼續做這工作了。事業陷入重大危機一事，讓睦子不知所措。

把重新調整好顏色的圖檔傳給對方，下午也收到ＯＫ回覆之後，為了塞滿幾乎空空如也的冰箱，睦子去了一趟商店街。

「沒想到藍莓那麼貴啊！」

睦子開始留意有護眼功效的食材。她把新鮮的盒裝藍莓放回架子，拿起擺在甜點區的藍莓優格，又看向旁邊的冷凍區，發現有袋裝水果，思索片刻後，拿起袋裝水果放進提籃。

天氣清朗，超市外頭的空氣冷冽，卻令人無比舒爽。

東京的冬季天空是通透的藍。

「看看遠方，很好喔！」

想起孩提時，母親說過的話。

總是近距離看東西而疲累的雙眼，望向遠方就能舒緩疲勞。睦子仰望蒼穹，長嘆一口氣。

驀然，眺望遠處風景的視線停住。那種地方怎麼可能有一片茂密樹林？她發現滿是建築物的不遠處，有一方綠色空間。

「在大自然中就能好好休息吧？」

睦子決定前往那處綠色空間。

光是走進熱鬧商店街，就覺得氛圍不一樣。再稍微往前走一下子，就是那個地方，只見綠意盎然中有塊小小的看板——

〈一個人的專屬咖啡廳　喫茶渡渡鳥〉

「原來是咖啡廳啊！」

望向寫在看板上的箭頭方向，有一條窄巷。好像是從這裡進去那間店。茂盛林子一直延續到巷子深處。

〈咖啡、三明治……〉

睦子念著寫在看板上的菜單，倏忽瞥見某個品項，詫異得噤聲。

她決定邁步走進巷子。

✤

「喔喔——，剛剛好。」

就睦子往前走時，聽到巷子的另一頭傳來似乎鬆了一口氣的聲音。

只見有個高瘦的年輕男子，把桌椅擺在樹林圍繞的空間，看向她。

男子穿著毛茸茸的外套，毛帽往下拉覆住耳朵。

天候如此寒冷，卻布置了戶外用餐區。

「請問有營業嗎？」

「剛好準備完畢。」

所以那句「剛剛好」是剛開始營業的意思嗎？

「請問幾點開始營業呢？」

「現在幾點？」

男子沒回答，卻反問睦子，睦子瞅了一眼手錶。

愛用的銀手錶是父親的遺物，儘管手機也能確認時間，睦子反而不習慣隨身帶著手機，總覺得一切被數位機器支配，容易心浮氣躁。

「下午一點多。」

睦子回道。

「這就是開店時間。」

男子雙手扠腰回答。

到底是怎麼訂營業時間呢？

就在睦子覺得不可思議時——

「要點餐的話，請入內。」男子指著一棟古老的房子，那裡好像是咖啡廳。「如果是要點今日特餐……」

「是的，我要點特餐。」

睦子像要打斷男子的話，前傾著身子。

「那請坐這裡。」

男子說著，拉開了椅子。

外頭有點冷就是了，應該是非得在戶外享用的餐點吧？這麼想的睦子，就這樣靜候著。

「久等了，這是『有護眼功效』的熱可可。」

是的，看板上就是寫著這個〈有護眼功效〉。

事實上，具有抗氧化作用以及護眼功效的，並非只有藍莓，可可亞也是代表食材之一。

「原來如此，這東西竟然有護眼功效啊！」

這說法可以接受，只是怎麼看都是普通的熱可可，有必要特地在戶外飲用嗎？可能是店裡還在清掃吧？

「請慢用。」

「您是老闆嗎？」

睦子叫住準備走回店裡的男子。

「是的，叫我梭羅里就行了。」

「梭羅里先生，還不能進去店裡嗎？」

「因為這特餐是在戶外飲用。不好意思，沒有早點說明。」

停下腳步的棱羅里，在表示歉意後，開始說明緣由——

據說近來有研究結果顯示，陽光中的紫光，能有效抑制近視惡化；既然如此，在戶外活動不就能緩解眼睛疲勞。

這是一道為了長時間使用手機、電腦，導致眼睛疲勞的客人而構思的餐點。所以平常咖啡廳都是傍晚開始營業，為了這道餐點，特地將營業時間提早。

「今天也是好天氣呢！」棱羅里刻意乾咳了一聲。「而且陽光能讓鬱悶的心情變得開朗，在這寒冷日子也能愉快度過，不是嗎？」

「哎呀！正如我願。」

沒想到選了個如此貼近自己心情的餐點，開心到想拍手叫好的睦子，忍不住要傾吐自己一路走來的人生歷程。

美術類的短大畢業後，任職於主要是幫雜誌排版的設計公司，當時不像現在是用電腦設計DTP的時代。在這間公司擔任幾年助理的睦子，成天窩在暗房，埋首做著用照片勾勒輪廓，描繪草圖的工作，不然就是忙著處理印刷公司要用的字體與顏色，直到深夜時分。

後來被交付設計方面的工作，不只排版，有時還得應客戶要求，幫雜誌配置插圖。沒想到大受好評，萌生出想從事與繪畫相關工作的念頭。

於是，跳槽到服飾公司的設計部門，學習為織品設計圖案及花色的技術之後，決定自立門戶。

全力衝刺事業時，總是傾注心力到忘我的境地。先一步成為自由工作者的前輩曾說：「一旦拒絕對方的委託，通常就沒機會合作了。」因此只要接到案子，即使感覺超過負荷，睦子也會拚命完成。

二十幾歲時，周遭朋友紛紛結婚，走進家庭。當時不像現在有著完善的產假和育嬰假制度，婚後、產後還能回歸職場第一線的女性，真的相當少。在合作的客戶當中，也有觀念比較先進的公司，不少產後重返職場的女性，不過大多數都退出主戰場了。

絕對不能停下腳步！看在旁人眼中，睦子一直在奔跑，但現在的她開始覺得自己瀕臨極限。

戴著圓框眼鏡的老闆，有著一頭蓬鬆亂髮，個子挺高的。明明看起來很冷淡，沒想到頗親切，一直傾聽睦子的傾訴，還會「嗯、是喔」地附和。由於戴著口罩的關係，可能是怕眼鏡起霧，他不時會調整鏡架。

「妳知道可可亞是怎麼做出來的嗎？」

老闆梭羅里望著睦子手上那杯，不斷冒出蒸騰熱氣摻雜白色氣息的馬克杯，悠悠地問道。

「原料不是可可塊嗎？」

「可可塊？」

睦子脫口而出腦袋中的常識，卻突然被反問，一時有些驚慌。

「難道是指可可？」

「從可可樹上採摘到可可果，取出可可果的果肉後，就變成了可可豆，然後經過發酵、乾燥、烘烤、研磨等繁複的過程，總算成為可可亞的原料，也就是可可塊。換句話說，一顆可可豆只能萃取出一點點的可可亞，是非常珍貴的東西。」

梭羅里一說完，便返回小屋。

「他是想說因為很珍貴，所以要好好品嚐吧！這間店真是特別。」

噗哧一笑的睦子，沐浴在陽光下，慢慢地啜飲著熱可可。天氣明明很冷，內心卻變得暖和。

「從沒像現在這樣悠閒度日。」

感覺這是一段有如彌足珍貴的可可塊，忙裡偷閒的寶貴時光。

試著一邊做日光浴，一邊工作吧！

這是睦子從這個冬天開始成為晨型人的原委。

✤

新商品防雨裙的圖案設計有四款，包括不同顏色的組合在內，共計七款設計，且提早兩天提案。

相較於以往總是被截稿期限追逼，現在之所以能從容的提早完成，不單是累積了一定的資歷與經驗值，最主要的是從中學習到，工作排程要懂得留餘裕。這樣才能安心因應後續可能發生的各種問題，也有辦法設計出好作品，畢竟心浮氣躁絕對做不出理想成果。

——收到設計提案了，謝謝。提早完成，著實幫了大忙。我們會儘快開會討論，再和您聯絡，感謝鼎力相助。

這間公司的員工個個高學歷，尤其最近的年輕人，一點也沒有職場菜鳥的生澀感。好比砂川小姐的這封回信，就寫得相當恭謹有禮。

不過，睦子總覺得少了一點什麼，也就是「心意」不夠。或許我這想法太落伍了。畢竟現在講求的是效率，不拖泥帶水，也就不需要無謂見解與個人觀點。

睦子的視線落在皺紋愈來愈多的手背，遂起身拿護手霜。

隔天收到砂川小姐想討論一下設計案的電子郵件。

——方便的話，可否線上討論呢？

等到約定好一到，開啟會議所使用的ＡＰＰ，這時畫面上早已有張笑容可掬的臉正等著。

「謝謝您前幾天傳來的設計提案。」

特地約時間討論，肯定是要修改什麼。睦子早有心理準備。

「你們覺得如何？」

「每一款都很不錯，如果可以的話，希望您能再提兩、三款。」

兩、三款……用說得很容易……應該是設計出來的東西不符合他們的期望吧？這四款可是從無數個腹案中精挑細選出來的，無奈客戶不曉得後台的故事，睦子也沒打算解釋。

「你們希望呈現什麼樣的感覺呢？要是能具體告知哪一款提案要怎麼修改之類的就太好了。」

心想又來了的睦子，繼續提問。

「這個嘛，每一款都不錯……」砂川小姐語帶含糊地回應：「公司方面覺得要是能偏中性一點的設計更好。」

睦子忍住想鼻哼一笑的衝動。

近年只要聽到「genderless（中性）」一詞，任誰都可以明白是什麼意思；而像是很有男子氣概、很有女人味等，都是NG詞彙。

「防雨裙不是主打女性客層嗎？」

乍看是圓點，湊近仔細一瞧是小花圖案，用的是近似紫色的粉紅色，濃淡層次分明的A案是睦子最推薦的。

「現在就連制服也需要考慮到，男生可以選擇穿裙子。」

幹麼提這麼極端的例子啦！

「要是採取C案就沒這問題，不是嗎？」

睦子反問。

以鳥頭為主題來設計的C案，僅使用曲線來表現，動物圖案也予人柔和的印象。

「嗯……有人喜歡鳥，也有人討厭鳥。」

照這標準，所提的每一款圖案都是如此，不是嗎？好惡因人而異，追求任誰都喜歡的設計，結果就是失去個人特色。那就別找我設計，反正多的是能夠做出更大眾化東西的人。

「B案是山，是吧？」

砂川小姐拿著用樹木和葉子連結成山形圖案的打樣。

「嗯，是的。」

「要是消費者誤以為是登山用的防雨裙，這就不太妥當了。畢竟是針對在城市活動所設計的商品，我們希望能避免被誤用為登山用品，導致發生事故的風險。」

「覺得這圖案是登山用的？會不會想太多了？」

「我們只是想盡量排除所有風險，認為改成像是街景、大樓、天空之類的圖案或許更合適，然後用顏色呈現早中晚的氛圍，不是很有趣嗎？」

一點都……不有趣。

睦子心生厭惡的同時，有種被耍的感覺。

「不曉得能否把整體色調的亮度，再調亮一點呢？」

這種半瓶醋響叮噹的說法，令人火大。門外漢懂什麼，我的專業素質可是比妳高好幾倍。

「亮度？妳是指彩度吧？印刷不見得能百分之百重現設定的顏色，這一點必須考慮進去喔！」睦子刻意說得比較難懂。「抱歉，砂川小姐可能聽不太懂。妳現在人在公司嗎？不好意思，請問鈴下先生在嗎？」

至少鈴下先生的工作能力強多了，我可不想多費唇舌和這種菜鳥周旋。就在睦子這麼想時，畫面出現了另一張臉，原來是鈴下先生。

「睦子女士，真是不好意思，其實我就坐在旁邊。因為這次是由砂川負責，所以我沒露臉。」

也就是說，剛才那番對話是在鈴下先生的默許下進行。睦子感覺自己像個逐漸消氣的氣球，渾身虛脫無力。

「現在不是一點點小事就會在網路被炎上嗎？因此我們才會這麼在意性別和風險等問題。我明白睦子女士費了不少心思，做了好幾款提案。真的很抱歉，這次可以請您稍微配合嗎？」

氣球一旦消氣就再也膨脹不了，至少從鈴下先生的口氣能感受到一點點「心意」。

「瞭解，那我再提幾款圖案吧！」

不再堅持的睦子回道，會議結束。

這種事情也不是現在才遇到，畢竟如何與客戶交手、磨合也是身為設計師的工作之一。一路走來，遇過了無數次，只是今天的心情格外煩悶。

「一顆可可豆只能萃取一點點可可亞。」

想起前陣子造訪的咖啡廳老闆說的話。

難不成我的可可豆已經都用光了嗎？沒有可可豆，要如何萃取可可亞呢？睦子一邊思索著，一邊翻開素描本。

夜幕早已低垂，明天就得提交新的設計圖，又不能等到早上再進行，只好熬夜工作了。睦子抱著頭，無奈地嘆氣。

之後又溝通好幾回，總算順利提交，離第一次提案已過了約半個月。最後是以薄荷綠為主色，採四方形幾何花樣的設計圖定案。拜隨性手繪線條之賜，保有柔和印象。

——不愧是MUTUKOISOGAI的作品，在公司內部也很受歡迎呢！

不知不覺間，負責這案子的人從砂川小姐變成鈴下先生，應該沒機會再見到她了。雖沒聽說什麼，總覺得砂川小姐可能離職了。

無論就讀再怎麼好的大學，也不會教導如何顧慮他人的心情。這是步入社會，歷經多次失敗才能學到的事。

即便如此，睦子還是寫了一封電子郵件給砂川小姐。

——這次給妳添了不少麻煩，不好意思。多虧妳的協助，我完成了自己也很滿意的作品。

不知道自己是從什麼時候開始懂得示弱、表達歉意，但比起認為道歉和輸劃上等號的年輕時期，現在活得自在多了。

明明沒什麼了不起的才華，卻到了這把年紀還能做些什麼，應該就是誠實面對自己吧！

腦中掠過「老害*」一詞。是該急流勇退的時候嗎？別再過著以忙碌為自豪的生活比較好嗎？畢竟已到了要是在一般公司任職的話，早就退休並追求第二、第三人生的年紀。

一直以來，眼中只有工作的睦子，不知今後該何去何從。想起沐浴在陽光下啜飲熱可可，什麼事也沒做的悠閒時光。

要是毅然決定收山，真的能擁有那麼奢侈的時光嗎？

✤

那時的我宛如沙漠化的牧草地。

一旦砍伐樹木就會斷了水源，結果就是連森林也消失殆盡。

某天，突然有股彷彿渾身被抽乾似的恐懼襲身，我無法去上班。

於是便告訴自己，停下腳步吧！

就這樣，忽然擁有一大段空白時間。

明明一直渴望能有這樣的時間，卻不曉得如何利用。

結果什麼也沒做，任憑時光流逝。

疲憊、煩惱沒消除，只累積了空閒時光。

想起過往的自己。

白色棉花糖漂浮在盛滿熱可可的馬克杯裡，用湯匙融化它，趁熱喝。

「甜和幸福是同義詞。」

＊注：老害，是日本社交媒體網站流行的詞彙，本指掌握組織領導權，腦袋卻十分僵硬的高齡人士。引申為年長者對社會毫無貢獻、霸佔著社會資源的一種公害行為。

至少對現在的我來說，確實是如此。

啜飲幾口後，把杯子放在桌上，發出喀咚的可愛聲響。

天色暗得早，逐一點燃店裡的蠟燭。

據說在冬日漫長的北歐，客廳、教室、公司的會議室等都會點上蠟燭，力求安穩地渡過寒冬，一切都是為了活下去。

北歐諸國也經常被稱為「幸福國度」，而其中讓我最有感的，就是以「Hygge（舒適、溫暖）」這字彙聞名全球的丹麥。

許多丹麥人之所以覺得幸福，是因為信賴政治與社會體制。除了享有免費的醫療與教育，社會福利也很完善，如此才能安心生活。

此外，他們也非常重視平等與和諧，比起「自己」，更看重「我們」，關注環境議題，相信唯有重視各方面的永續發展，才能生活得舒適。很多丹麥人喜歡騎腳踏車，也是基於減少二氧化碳排放的環保意識。

當我查閱各種相關資料時，也想起騎腳踏車感受到的莫大幸福。

廚房的爐子上有個黑鐵鍋，是稱為「荷蘭鍋」的露營用鍋子。

「牛肉、紅蘿蔔和馬鈴薯炒一炒，加入水、紅酒與香草。燉煮一會兒後，淋上法式多蜜醬汁就大功告成了。」

一邊碎念食譜，一邊準備食材。

不知為何，忽然覺得前幾天點熱可可的那位女士，會再來用餐。

腦子裡思索著各種事的我，在紙上寫下菜單名稱。

✤

〈有護眼功效的特製菜單（目に効くスペシャルメニュー）〉變成〈對眼睛很好的特製菜單（めにきくスペシャルメニュー）〉。

「寫成平假名＊？難不成今天的菜單是兒童餐嗎？」

站在看板前的睦子，疑惑地偏著頭。

周遭的樹木有如森林，從樹縫間能窺看到高掛夜空的弦月。

「哦，本來就是傍晚才開始營業，只是那時必須在陽光下喝才行。」

睦子喃喃道，再次望向看板。

「め（me）」這個字的前面，還有剛才漏看的小字「ゆ（yu）」。

〈有助於夢想的特製菜單（ゆめにきくスペシャルメニュー）〉。

「挺會觀察人心嘛！」

睦子想起一頭蓬鬆亂髮的老闆，走進昏暗的巷子。

弦月像在守護她似地跟隨著。

「晚安。」

睦子握住淺藍色大門上的金色門把。

「歡迎光臨，歡迎來到喫茶渡渡鳥。」一道沉穩聲音傳來，老闆彷彿知道睦子會來似的面帶微笑。「靜候光臨呢！」

記得他叫梭羅里。

「你知道我會來嗎？」

睦子很是驚訝。

「偶然吧！不過，總覺得妳會來。」

就梭羅里所言，自從經營這間店，就偶爾會發生這種事。

一件工作做久了，對於人際關係的感受度，也就打磨得更敏銳。

*注：平假名，是日語中表音文字的一種。漢字是日文程度的一個指標，由於小朋友懂得漢字不多，所以一般都會以平假名來標示，等同於台灣使用的注音符號。

睦子也是如此，好比和客戶碰面的瞬間，就覺得「這件工作應該會進行得很順利」，當然也有完全相反的情況。

「眼睛狀況好一點了嗎？」

「是啊！自從改成白天工作後，狀況多少有改善。今天是『有助於夢想』嗎？好棒的菜單喔！」

聽到這番話的棱羅里，鼻哼一聲。

「嚐嚐看，如何？」

「當然。」

雖說有助於夢想，但這麼回答的睦子卻感到茫然，不曉得自己現在的夢想為何。

店內有點昏暗，只有吧檯和五張椅子，四處都有搖曳的燭火。貼著土耳其藍磁磚的廚房，並排著許多餐具和烹調器具。

身穿黑色連身圍裙的梭羅里，在小而美的廚房裡悠然地張羅餐點。

「久等了，有助於夢想的紅酒燉牛肉。」

今日特餐是牛肉與蔬菜的組合「紅酒燉牛肉」。看到比咖啡歐蕾碗再大一點的碗裡，盛著滿滿的料理，睦子覺得好開心。

「哇——，看起來好好吃喔！」

光是蒸騰熱氣，就能傳達料理的美味。

碗裡擱著一支木湯匙，切成一口大小的牛肉烤得恰到好處，一邊呼呼吹氣，一邊把入口即化的肉塊送進嘴裡。

馬鈴薯與紅蘿蔔也燉煮得很入味，能感受到蔬菜的甘甜。炒成焦黃色的洋蔥，賦予法式多蜜醬汁更深沉的美味。

熱呼呼的紅酒燉牛肉，彷彿連心都能融化。

「的確美味到像是在作夢。這道料理為什麼取這名稱呢？」

「妳的夢想是什麼呢？」

梭羅里細長雙眸看向睦子，問道。

「其實，我也正在思考這件事呢！年輕時確實有雄心壯志，但現在沒有了，就連目前的工作也不曉得能持續多久。到了這把年紀還得探索自我，真是難為情啊！」

睦子硬是擠出笑容，眼角泛著淚光。

「先擱著就行了，不是嗎？」

梭羅里說著，把木湯匙放回碗裡。

「咦？」

「這道紅酒燉牛肉只要放入食材，也就是讓蔬菜和肉燉煮一會兒，靜置一段時間就能釋出美味。」

「是啊！真的好好吃。蔬菜很鮮甜，肉也很入味。」

「是吧！所以沒必要焦慮。」

或許像是在閒話家常吧，感覺總是忙得眼花撩亂的時間，似乎稍稍地放緩了。

「我都這把年紀了，一直等著也迸不出什麼東西吧？不曉得人生還剩下多少時間，怕是連等待紅酒燉牛肉煮好的餘裕都沒有。」

「擔心失去也沒用，不如活用現有的東西，想想自己要怎麼做。這樣就不會浪費時間，不是嗎？」

不是追求沒有的東西，而是活用擁有的東西……

「擁有的東西……」

「妳不是說自己一直做著同樣的工作嗎？一顆可可豆只能萃取少許的可可亞，積少成多就能變成一杯美味的可可亞。」

不是自己的可可豆已用盡，而是累積成可可塊；也就是說，持續做一件事一定有其意義。若是這樣的話，一直以來的努力就不會白費了。

睦子不由得思索著。

「從沒燃燒過的森林，是抵抗不了山林野火。」

梭羅里一邊說著，一邊攪動鍋子裡的紅酒燉牛肉。

「這是什麼諺語嗎？」

「不是，只是事實。失敗與經驗的累積，讓人變得更強。」梭羅里說完，把用線連結的兩個紙杯遞給睦子。「來，妳試試這個。」

「紙杯傳聲筒？好懷念喔！」

「這是我做的，自己覺得做得還不錯。」

穿過杯底打的結有點醜，卻也是一種特色。

「要我用這個和你對話嗎？」

梭羅里聞言，搖了頭搖頭。

「請妳試著聽聽自己的心聲。」

在梭羅里的催促下，睦子把一個紙杯貼著耳朵，另一個貼在自己的胸口。明明不可能透過這條線聽見什麼，卻好似聽到噗通噗通的心跳聲。

此時，睦子這才察覺一件事——

菜單名稱不是〈有助於夢想〉，而是〈傾聽夢想〉*。

「想得單純一點就行了。看看自己到底是喜歡還是討厭，要是喜歡的話，就繼續下去。找到屬於自己的步調，其實沒那麼困難。」

自己喜歡現在的工作嗎？總覺得，只是翻開素描本就感到好快樂，在調色盤調出自己滿意的顏色就很興奮。睦子沉思著。

---

*注：此處作者使用了雙關語。〈有助於夢想〉的「有助於」日文是「効く（kiku）」，而〈傾聽夢想〉的「傾聽」日文是「聞く（kiku）」；兩者發音是一樣的。

所謂工作與生活平衡，是把工作與生活區隔開來，也就會有喘不過氣的時候。若是把工作與生活調和在一起，就成了「生活工作」。

噗通噗通，靜靜地響起心跳聲。

縱使尚未找到確切答案，也沒必要就此引退，只要調配好生活與工作，耐心等待調製出漂亮顏色的瞬間就行了。

根據幸福國度不丹的幸福指數調查報告顯示，除了生活水準、健康等各項條件之外，「如何運用時間」也是評比基準。

如何運用時間，也會影響幸福的質與量嗎？

忙到七葷八素時，總覺得時間不夠用，要是擁有充裕時間，就能活得更從容。對我來說，覺得一切都恰到好處，到底是什麼時候呢？也許找到這個，我就能握住幸福吧？

就像點燃蠟燭是讓人逃離寒冷、黑暗的方法，試著尋找到屬於自己的

「燈火」。

「梭羅里先生一直在這裡經營這間店嗎？」

睦子好奇地探問。

「不，我和妳一樣，正在這裡修行幸福中。」

「幸福也需要修行囉！」

睦子覺得和工作一樣，就像不努力就做不出好東西，要是沒修行就無法得到幸福。

「幸福究竟是什麼呢？我一直在思考這件事。」

幸福的基準因人而異。睦子也在思索梭羅里的提問。

「就是自己覺得幸不幸福，不是嗎？」

梭羅里輕輕頷首。

「只要降低幸福的門檻，那麼即便是一點點小事也能滿足吧！或許我們的欲望都太多了。」梭羅里說完，轉身從廚房旁邊的書架上，拿了一本書。「我讀這本書時發現的。」

「《湖濱散記》？」

「這是一位叫梭羅的美國作家，遠離都市生活約兩年，紀錄自己在湖畔附近森林的生活。自己搭建小屋，張羅食物，請朋友來他住的小屋作客，和鳥兒、動物嬉戲。生活在大自然中的他，終於找到對自己來說，真正重要的東西。」

「那麼久遠以前就有人崇尚極簡主義啊！」

「他生存的年代，約莫是日本開國（一八五三年）前後，歐美正值產業革命，講求效率與機械化，所以也有人對於這樣的改變有所疑慮。」

拜邂逅這本書之賜，梭羅里重新審視自己的人生，也才開始經營這間森林中的咖啡廳。原來就連看起來相當沉穩的他，也有對於人生感到迷惘，不知所措的時候。

順道一提，「梭羅里」這暱稱，就是向梭羅致敬。

「儘管沒什麼具體目標，搞不好哪一天就找到自己想要的答案。」

「直覺很重要呢！」

能否相信自己的直覺，也是靠經驗培養出來的。

「就連現在發生的氣候變遷、新冠疫情，都是人類過度擴張欲望的結果。我想探究該怎麼做，才能更簡簡單單地感受幸福。」

然後有一天找到答案時，我想回饋社會。梭羅里這麼說。

「對了、對了，差點忘了。」

睦子從包包掏出一幅畫，在邊長約十五公分的小小畫框裡，是一幅用水彩繪製的插畫。

「好厲害，好可愛喔！這是渡渡鳥吧！」

梭羅里雙眼發亮。

「謝謝你那天讓我度過美好時光，這是我的一點點心意。不嫌棄的話，還請收下。」

「可惜渡渡鳥滅絕了。」

梭羅里看著框裡的畫，一臉遺憾地喃喃道。

「牠是不會飛的鳥，也有在《愛麗絲夢遊仙境》這本書登場，好像也被用來設計成遊戲的角色。」

「是啊！妳知道牠為什麼會滅絕嗎？」

「因為不會飛吧？」

「這當然也是原因之一。由於沒有天敵，所以牠們安心在陸地上生活，也不會把生下來的蛋藏起來，就直接下蛋在地上。」

「真是的，要是現在不會風險迴避的話，只怕會被罵到臭頭。」

睦子笑著說道。

「不過，在人類還沒到那片土地之前，這麼做其實是安全的。後來牠們生下來的蛋被人類帶來的狗、老鼠吃掉，渡渡鳥就這樣滅絕了。」

梭羅里感傷地望向窗外。

現在也是如此，像是牧草地沙漠化、植物無法生長等問題，也是因為人類胡亂開墾的緣故。

「無論是牧草地沙漠化，還是促使渡渡鳥滅絕，」睦子心懷慚愧地低著頭。「這些都是人類一手造成的。」

「我覺得渡渡鳥雖然笨拙又不會飛，卻保有自己的步調。我想一邊經營這間店，一邊尋找這樣的生存之道，才把店名叫做〈喫茶渡渡鳥〉。」

〈渡渡鳥〉這名稱的語源是笨拙的意思。

笨拙地活著，似乎也不錯呢！

「原來如此啊！」睦子靜靜頷首，倏然想起什麼似地問道：「渡渡很像一種聲響，那麼你知道『吧——吧——』是指什麼嗎？」

「理髮店嗎？」

睦子竊笑，從自己的包包掏出一個化妝包，擺在梭羅里面前；這是使用她繪製的羊圖案所做成的商品。

「羊叫聲。日本是『咩——咩——』，但國外是『吧——吧——』。」

「這我還真不知道。」

梭羅里似乎覺得這答案很有趣，身體還往後仰了一下。

「不覺得羊是具有永續性的動物嗎？」睦子微笑道：「為了克服酷夏盛暑而剃的羊毛，可以拿來做成抵禦寒冬的毛衣，然後隔年又長出新毛，而且我們有羊奶可喝，羊肉可吃，當然也能把牠們當作寵物飼養，還真是家家都需要一隻羊。」

事實上，蒙古的游牧民族是和羊一起生活，住的蒙古包也是用羊毛搭建而成的，衣食住都少不了羊。因此他們很珍惜羊，不單只是把牠們視為填飽肚皮的食物，還會把老羊的肉做成保存食品，不浪費珍貴的生命。

「原來如此，需要有一處讓渡渡鳥、羊群能安心生活，有如牧草地的地方。就結果來看，或許這也是一種永續性呢！」梭羅里一臉微笑地說：「這間店也能變成這樣的地方就好了。當然不是沙漠化的牧草地，而是綿延不盡的青青草原。」

「這間店一定能拯救許多迷途羔羊。」

睦子露出溫柔眼神。

「這個真的好棒喔！可以裝飾在店裡嗎？當作這間店的商標。」

梭羅里開心地把這幅畫掛在廚房的柱子上。

睦子看著他那喜悅的表情，心想：自己能夠一直做著這份工作，也是一種幸福吧！

雙眼見到的並不是遙不可及的夢想，而是近身的幸福，也就是今天的此時此刻。吧檯上的燭火搖晃，溫柔包覆一切似地照耀著。

不是過去，也不是未來，而是這瞬間。

「來，這個還你。」睦子把紙杯傳聲筒遞給梭羅里，提議道：「你也試著聽聽自己的心聲，如何？幸福的意義。」

✤

於是，我今夜也在這小小的廚房，守護著梭羅里和來到這裡的客人。

希望每個人總有一天都能找到屬於自己的「幸福」意義。

梭羅里把荷蘭鍋洗淨後，放在爐火上烘乾，然後從購物袋拿出兩顆大蘋果。先用水洗過，再拿水果刀挖掉芯，然後整顆放進鍋子裡。在挖空的洞裡填滿砂糖、蜂蜜，再塞進一整根肉桂棒，蓋上鍋蓋，轉開小火。最後就是他最得意的「只要擱著就行了」，反正一定能做出令人食指大動的烤蘋果。

在烤好的蘋果上面放一球冰淇淋，然後打開冰箱。啊，忘了手上還拿著派皮呢！

原來如此，一個是烤蘋果搭配冰淇淋，另一個是做成蘋果派。這兩道甜點都頗有美食家梭羅里的風格。

「總之，這就是我的幸福吧！」

幸福意外地近在身邊呢！

好了，故事也該結束了。

今夜〈喫茶渡渡鳥〉的廚房，飄散著烤蘋果的甜香味。

*執筆時，曾參考《reframe》（西尾和美・著　大和書房）、《何謂resilience》（枝廣淳子・著　東洋經濟新報社）、《新・心靈補給品》（海原純子・著　每日新聞週日版專欄）、《羊的繪本》（武藤浩史・編著／SUZUKIKOZI・繪　農山漁村文化協會）、第十屆日本正向心理學醫學會學術研討會的內容。

*此作品是虛構，與實際人物、團體等無關。

*本書是為了雙葉文庫新創作的作品。

今夜也在喫茶渡渡鳥

作　　者　標野凪 Nagi Shimeno
譯　　者　楊明綺 Mickey Yang

責任編輯　許世璇 Kylie Hsu
責任行銷　朱韻淑 Vina Ju
封面裝幀　許晉維 Jin We Hsu
版面構成　黃靖芳 Jing Huang
校　　對　葉怡慧 Carol Yeh

發 行 人　林隆奮 Frank Lin
社　　長　蘇國林 Green Su

總 編 輯　葉怡慧 Carol Yeh
日文主編　許世璇 Kylie Hsu
行銷經理　朱韻淑 Vina Ju
業務處長　吳宗庭 Tim Wu
業務專員　鍾依娟 Irina Chung
業務秘書　陳曉琪 Angel Chen
　　　　　莊皓雯 Gia Chuang

發行公司　悅知文化　精誠資訊股份有限公司
地　　址　105台北市松山區復興北路99號12樓
專　　線　(02) 2719-8811
傳　　真　(02) 2719-7980
網　　址　http : //www.delightpress.com.tw
客服信箱　cs@delightpress.com.tw
I S B N　978-626-7537-82-4
建議售價　新台幣３８０元
首版二刷　２０２５年４月

國家圖書館出版品預行編目資料

今夜也在喫茶渡渡鳥／標野凪著；楊明綺譯.
-- 初版. -- 臺北市：悅知文化精誠資訊股份有限公司，2025.03
304面；13×19公分
ISBN 978-626-7537-82-4（平裝）

861.57　　114002126

建議分類｜文學小說．翻譯文學